華岡家の憂い

奈良よし子
NARA Yoshiko

文芸社

目次　「華岡家の憂い」

嫉妬と憧れ

「お疲れさまでした」

美沙子はヨガスタジオの照明を明るく戻す。シャバアーサナのポーズを終えた空間に良い気が広がり漂っている。レッスンの最後は胡坐を組んで生徒たちと向き合う。このクラスはやや若い主婦が多い。

「深く息を吸って、体の中に溜まった毒素をゆっくりと吐き出しましょう」

一緒に呼吸を合わせ整えてヨガを終えた。美沙子は高松市でヨガのインストラクターとして活躍している。色白の小顔と細くしなやかな肢体をショートカットの髪が引き立てていた。ピンク色のヨガウェアもおしゃれだ。

《よかった、今日も無事にレッスンを終えたわ》

見れば主婦たちの顔は日頃の重苦しさから解放された感じだ。美沙子は心身の内部に意識を向けるために丁寧な指導を行っている。どんなに忙しくても自分に優しい気持ちでいてほしい。皆、マットから立ち上がる体つきに充実感が溢れている。来た時よりも表情が柔らかい。とても満足気だ。

「このスタジオでヨガを習うと毎回、体がスッキリします」

数人の生徒たちが裸足で美沙子に近づく。

「気持ち良くて……なるべく家でもやりたい」

「ふう、私なんて眠りそうになりました」

口々に感想を言ってから更衣室へとつま先を向けた生徒たちの背中に、美沙子はアドバイスを投げかけた。

「皆さん、ヨガはお風呂上がりにやると、より効果的ですよ！」

数年前、美沙子は高松駅近くのマンションに次男を連れて引っ越してきた。それを機に女性向けの『ＹＯＧＡスタジオ田中』を美術館通り沿いに開いている。

高松は東京や大阪などの都会に比べると街の規模は小さいけれど、清潔感のある暮らしやすい街だ。中規模のスタジオは熱心な生徒が集まりやすい。割高ながら個別指導も好評――お陰で生活の基盤となる経営は順調だ。

「ヨガって最高！」

「エステに近い効果があるわ」

「先生、また次回もお願いしますね」

着替えを終えた生徒らは笑顔で会釈し、軽く掌《てのひら》を見せ合う。帰り際の賑やかな空気がドアの向こうへ吸い取られるみたいに遠のいてゆく。

出入口のドアが静かに閉まると、美沙子は小さく振っていた指先の動きを止めた。冴えた瞳でスタジオ上部の時計を見て、

「さてと、私も片づけして帰るとしようかな」

時計の針は夕刻を示していた。丸い文字盤のガラス面にモップを持つ美沙子が映り込む。かつて眩暈《めまい》を起こし、ひっくり返る騒動が起きたことが嘘みたいだ。

今から十年前、次男の俊彦は思春期を迎えていた。高松市の郊外で家族四人が暮らす平穏な生活は有り難くも退屈だった。ところが突如、美沙子は驚愕の事実を知る。日常が一瞬にして砕けた。そのまま三十年ローンを組んで建てた一軒家の一室で寝込んでしまう。しばらくは退屈さえも懐かしく感じ、取り戻したいと思ったほどだ。

その後、夫とは別居を経て正式に別れた。今のマンションで共に暮らす俊彦は、両親が離婚した理由をいまだに知らない。人を気遣う性格のせいか美沙子を問い詰めようとはしなかった。しかし、その原因はよほどのことだと察している。

「田中先生はハリのあるお肌をしていて、とても四十代後半には見えないわね」

「私たちよりも年上でしょう？　ほんとにお綺麗だわ」

「あの雰囲気で、社会人の息子さんが二人もいるなんて信じられない」

仲の良い三人のレッスンメイトたちは明るく会話を交わす。女性は常に関心を抱いた相手の背後関係に興味を示すものだ。このスタジオでも同じだ。好奇心が惜しみなく放たれつつある。特に主婦は敏感に意識を巡らすことに余念がない。共通する場に居合わせたその感覚は、運命共同体ともいえるかもしれない。皆、うっすらとぜい肉がついた脇腹にヨガマットを抱えて、夕暮れの丸亀町商店街へとそぞろ歩きを始めた。

「それに先生は体育大のご出身だけあって、教えるのも上手いわ」

「解剖学を学んでいらっしゃるもの。この脂肪にヨガの呼吸が刺激を与えるのよ」

「それ、言えてる！」

三人とも下腹をつまんだり、突いたりして笑い合った。

「とにかく、他のスタジオと比べるとダントツね」

「先生の姿勢はまっすぐよ。動きもしなやかだし……離婚歴なんて感じさせないわ」

「そういえば聞いた話だけどね、先生のご実家は地元の名家なんですって」

「聞いたことがあるわ、あの華岡家でしょう？　たしか銀行頭取のご家系よ」

「言われてみればそうね、先生は優雅だし、何となく品がおありだもの」

この三人にしても充分、高松の中心部にある裕福な家に嫁いでいる。

「あれほどの女性を妻にしていたなんて、どんな男性だったのかしらね」

「そう、私も思うけど……別れた理由は誰も知らないのよ」

三人は話しながら夕暮れのスタバに入ってゆく。夏休みが終わったせいかもしれない。店内の客はまばらで、さほど混んでいなかった。

フロアの中央に大きなオリーブの鉢植えが置かれている。香川の県木だ。長く伸びている細い枝々を間接照明が柔らかい灯りで照らす。

いつものソファー席に辿り着くまで皆、内心さっきの話をひきずっていた。小学生の子供を持つ彼女たちにとって、子育てはどんな仕事よりも厳しく、難儀なものだと思い知っている。学生時代と違って、自分の努力次第というわけにはいかない。一般の主婦から見れば美沙子にはスター性がある。その日常生活を想像することはワイドショー的な楽しみだ。

それぞれ季節の飲み物を手にした彼女たちの井戸端会議は続く。

「たしかご長男は教師よ、次男さんが今年、銀行に就職されたわ」

「うん、その俊彦君は、行員としてうちに来たことがあるの。感じのいい子だったわよ」

「県外で暮らすお兄ちゃんは母親似のイケメンだし、うらやましいな」

同じ地域で暮らす住人として、誰もが美沙子に憧れていた。けれどもそのお喋りを放っておくと……女性同士の心に嫉妬心が芽生え、軽く表情を歪めることになる。

「先生を見ていると『天は二物を与えず』なんて死語だわ」

「なんだか、そのものね。かなり不公平よ！」

さらに本音を帯びる言葉にどんよりとした空気が流れだす。そこをすかさず、

「だけど先生はお独りで男の子二人を育てたのよ！」

三人の中では一番年長の主婦がきっぱりと言い放った。重ねて、

「あの通り、立派にお仕事もこなしていらっしゃるわ！」

強い口調で友人たちを醜い嫉妬から救った。他のテーブルの客が、ちらっと三人を見る。

「そうよ。考えてみれば……ねえ、それって凄くない？」

「私だったら絶対に無理よ。ありえない」

あとの二人が俯き加減で声を抑えてささやき合い、すぐに思考を切り替えた。

嫉妬という感情は人類をあやつる魔物とも言えよう。その場の気配を一致させるきっかけを掴む。

逃れるチャンスを失えば、病的にエスカレートしかねない。彼女たちは『妬《ねた》みの魔力』に囚われかけた自分たちを恥じる顔つきに変わった。誰でも母として自分の子育てを思い浮かべる。まるで目に見えない遠隔技だ。そして田中家の努力は、尊敬と羨望を取り戻してゆく。

「とにかく世の中は、普通に生きていても何が起きるかわからないもの」

話題が転換した直後、一人が急に思い出した感じで、

「昨夜のニュースだけど、あれってセレブな両親の子供が起こした事件でしょう？」

孫を叱った祖父が殺害された事件だ。引きこもりを続ける孫は成人の男性だった。

「そうよ、こうなると家族構成は無関係だわ」

『引きこもり』や『ニート』などという言葉を、昔は見聞きすることはなかった、と彼女たちはひとしきり語り合った。そして何においてもそれは他人事ではないのだ。

加えてしんみりと、

「田中先生の離婚……理由とかわからないけど、私はよけいに尊敬するわ」

「本当ね、きっと生きていれば色々あるのよ」

「先生のご様子からして選択に誤りはない。とにかくスタジオのレッスンは楽しいわ」

「そうそう、このすっきり感はたまらない。頑張って続けよう」

そう言って、すぐに紅葉狩りの旅行を皆で相談し始めた。生徒たちにとって美沙子の魅力の方が、『離婚歴ある女性』を大きく上回っていた。

結婚と義姉

「ただいま！」

美沙子はTシャツ姿でリビングのドアを押し開けた。対面式のキッチンから漂う匂いがいい感じに鼻を刺激する。

テレビでは報道の特別番組が流れていた。

画面に天皇と美智子皇后の姿が大きく映っている。何となく番組の出演者たちはふつうではない、落ち着かない雰囲気だ。

『天皇陛下の御譲位が決まりました。平成が終わり、新元号は有識者たちによって……』

女性アナウンサーが興奮を抑えながら、極力抑制した声で報告している。

天皇家直系の宮家が内親王の結婚問題で揺らいでいる時に大変なことだ。

あるいは一時的に国民の反感や意識を他へ向ける作用を狙うのやもしれない。

日本という国は古《いにしえ》より、ずるくて誠実だ。国民が生き延びるための知恵を絞り、物事や時代をまことしやかに変化させてゆく。高貴な嘘はどこの国でもありうるし、統治するうえで当然だ。王朝が次々と変わってゆく他国と違って、日本の天皇家は世界一の旧家とされる。

狭く細長い国土を現代の城とすれば、さながら広大な海には外堀の役割を担わせている感じだ。強大な外部からの守備を固めている。そして外交官や大使らは控えめな態度で務めながらも、大胆な結果へと立ち回る。心に〝真〟を秘める日本城と、そこに暮らすしたたかな知性を秘める島民――日本人は侮れない。

ことに近年、日本女性の働きぶりは繊細かつ有能だ。男性的な指導力というよりも冷静かつ柔和なソフトパワーだ。中には言葉少なに人を動かす独特な統治をする者もいる。

「いい匂い。俊彦、今日は早かったのね」

疲れている美沙子はドサッと荷物を置くと床に座り込んだ。

「うん、お疲れさま。夕食はカレーを作ったよ」

俊彦はすぐにエプロンをつけてキッチンに立つと、手慣れた感じで盛りつけにとりかかる。

木目の壁に架けられた平山郁夫の『シルクロード』が部屋に広がりを持たせていた。夜の砂漠を漆黒のキャラバンが歩む景観は怪しげだ。商人らを背にのせたラクダが今にも動き出しそうな雰囲気がある。そして神秘的な月夜——見る者を癒す作品だ。この絵は生前の母が好んだ。平山作品は優しい宗教性を感じさせる。母は美沙子が大学に在学中、病で亡くなった。ひっそりと心が悲しくなる。この絵は時折、その大きな目を曇らせる。

それは、ほんの数年前のことだ。

「価値のある美術品は親父の遺言通り、遺品として全て美沙子に渡したからな」

「美沙子様の分はこれで収まりましたね」

「無事に運び終えてよかったです」

歳の離れた美沙子の兄、華岡正則は父の骨董コレクションを会社の部下二人に手伝わせて、美沙子のマンションに持ち込んだ。絵画や掛け軸に始まり、食器、壺類、茶道具といった真田紐のかかる桐箱類が重なり、一室を埋め尽くした。そんな量だ。

「ふう、やれやれ」

正則は律儀だ。義姉《あね》の身内に好まれる理由が何となくわかる。短髪で温厚な正則は、体つきだけが大柄な父と似てがっちりしている。

「兄さん、一旦嫁いだ私に対してこんなことしては駄目よ」

美沙子は持ち帰ってほしいと正則に頼む。ところが、

「何で？　実家に出戻ってはいない。それに親父は骨董類をお前に渡すように言い遺したんだ」

正則は美沙子の申し出を聞き入れない。真面目で善良な華岡家の跡取りとして、父の遺言をかたくなに守ろうとしている。思えば常々、家族は厳格な父に頭が上がらなかった。けれど相続に関しては話が違う。

「だからよ、美術品なんて私はもらえない、こんなの罰が当たるわ！」

美沙子も強情だ。夫不在の田中家は、華岡の父から多額の援助を受けてきたのだ。聞く耳を持たない正則がさっさと玄関で靴を履く。扉を開けて部下たちに車を回すよう軽く靴ベラで指示している。慌てた美沙子は缶コーヒーを冷蔵庫から取り出して三人に渡した。皆、役割を終えて爽快な顔つきだ。正則だけがその場で飲み干し去りかけた時、

「もう！　待って、義姉《ねえ》さんの気分を害すといけないでしょう？」

「留美はいつもの海外旅行だよ。あいつは華岡家の財産なんて端から気にかけちゃい

ない」

　正則は傲慢な父のせいで晩婚だった。美沙子が県外の体育大学に在学中、銀行員を辞めて取引先の大手建設会社の娘と結婚した。義姉となった留美は可愛い我儘《わがまま》タイプの女性だ。正則と職場で出会って間もない頃、留美の方が強引に婚前旅行に連れ出した。小悪魔的な魅力を持つ留美に正則は惚れ込んでしまった。少しがさつな振る舞いをする留美を父に会わせても気に入らないはずだ。厳格な父はこれまで多くの見合いを勝手に破談にしてきた。傲慢すぎるその理由は、どれも些細なことだった。駆け落ちも覚悟の正則は、留美と結婚するために頭取である父に無断で銀行を辞めた。

「華岡家の長男がうちの娘を気に入るとは……留美もなかなかやるな。そこでどうかな、正則君さえ良ければ、うちの会社の役員をやってみないか」

　すぐさま正則は、留美の父親が経営する大手建設会社の常任理事を引き受けてしまった。なんと強引な……。当然、腹筋を痛めるほど父は吠えまくり、普段は自分に従順な兄に対して怒り狂った。その数日後に、

「まあまあ、華岡頭取、二人は実に幸せそうですぞ。結婚は互いの気持ちが一番だ！」

　ご満悦な留美の父親は、融資元である華岡頭取の肩を軽く叩き、じんわりと強く握った。そして留美も追い打ちをかけるように、

「お義父さま、早く孫を産みますわね。うふっ、楽しみにしていらしてくださいませ」

「ぐっ……、まあ、こうなったからには、そうだな」

《よりによってこんな成金の娘と……これまでの見合い相手の方がレベルも高かったのに……》

しかし、父は銀行の頭取として大口の顧客を失うわけにはいかなかった。そして、激しいもどかしさがたたって、しまいには胃を悪くしてしまった。

美沙子は同情したけれど、自業自得な感じもした。何より華岡家の跡取り息子の結婚だ。留美も馬鹿ではない、後の苦労も想像できよう。それにしてもあの父を抑え込む留美たちの段取り術は尊敬に値する。おまけに結婚後は料理も掃除も苦手、家事は家政婦に任せっきりの留美を、何故か病床にいる母は気に入っていた。

どこまでも勝手気ままなのに、何故か留美は嫌われない。それどころか愛される女性なのだ。華岡家と違って格式ばったところのない新興セレブの伸びやかな家庭環境を何となく理解できた。そんな天真爛漫な留美のお陰で、いつの間にか父が持つ異常といえるほどの強い猜疑心は、ほんの少しだけ薄れてゆく。これは何とも凄いことだ。

美沙子と正則は内心おののいた。魔法みたいな変化の奇異に加えて、

「美沙ちゃん、子供たちへのプレゼントだよ。帰国したら、また一緒に遊びましょう」

海外旅行の度ごとに、洗練された季節のカードを品物に添えて留美は送ってきた。

「うわぁ！」

当時、まだ幼かった和也と俊彦は歓声をあげて大喜びだ。カードに仕込まれたクリスマスソングが流れる中、光沢ある赤や黄色のサテンリボンをほどく。

嬉々とした二人の様子を美沙子はよく覚えている。季節を問わず、おしゃれな子供服や珍しい文房具、カラフルなお菓子をタイミングよく国際小包で田中家に送ってきた。

そんな小気味いい留美を美沙子も憎めない。子供たち二人が成長してからも贈り物は続き、

「おい、今回も俊彦が好きな、俺もだけど、ハリボーのグミが入っているぞ！」

「え、グミだって、どこどこ。うぉー、ドイツ限定品だ。さすが留美おばちゃんだ！」

留美は義甥《おいっこ》たちの胃袋を掴むのも上手い。クマの形をしたカラフルなグミは最近、日本のコンビニでも見ることが多くなった。このグミは口に入れても簡単には噛み切れない、成長期だった彼らの顎《あご》を鍛えることになったかもしれない。

そして美沙子の離婚後、引っ越し先のマンションにやって来た留美は、

「美沙ちゃん、あなたは大学時代、専科はダンスだったでしょう?」

「……はい」

「小顔で体は綺麗だし、人当たりも柔らかい。女性だけのヨガ教室を始めるといいわ。きっと流行るわよ！　えっと、場所はね……この辺がいいわ」

留美は持参した資料を小さなテーブルに次々と広げていく。真剣な顔だ。男性だけの身内では敵わない、慰め上手な励まし屋さんに徹している。スタジオを開く場所に続き、レッスンのプログラム、ヨガウェア等、パソコンに精通する留美のアドバイスは的確だった。そのお陰でヨガスタジオは軌道に乗っている。普段は何もできないはずの留美の賢さに初めて気づき感心した。そしてとても感謝している。

思えば留美は大事業家の娘、先見の明はさすがだ。

けれど結局、兄夫婦は子供には恵まれなかった。以来、それでも明るい留美の変わらない笑顔や、小憎らしい振る舞いは可愛くて、どこか哀しい。

年頃になった美沙子は、結婚相手を父とは正反対のタイプがいいと正則に強く求めた。恋愛など面倒、「待てば甘露（海路）の日和あり」に徹することにした。らしくない他力本願な理由は、どうせ自由な結婚などできないという考えからだった。それは正則のせいでもある、その兄を介して素朴で優しい男性を結婚相手の条件とした。するとそこに、

「田中であれば大丈夫だ、真面目だし間違いない」

美沙子の結婚相手にと、自分の後輩を紹介したのが正則だった。

「父さん、こちらは大学時代からの後輩、田中君です」

正則は美沙子に会わせるよりも先に、田中を父に紹介した。責任を感じる長男として、いい働きを見せたかったのかもしれない。

ところが十数年後、美沙子の離婚に際し、

「俺のせいだ、こんなことになるなんて本当に申し訳ない。女房にも激怒されたよ」

正則は悔やみ、あれからずっと美沙子たちに対して負い目を抱え続けているようだ。

次男の憂鬱

「明日から帰りが遅くなるよ」

俊彦が落ち着いた声で言う。美沙子はハッとして、さっきまでの物思いから我に返った。銀行員として俊彦は外回りが多い。そのせいで日焼けし、色白だった学生の頃と雰囲気がだいぶ違ってきた。就職して数か月が過ぎ、ぽっちゃりめだった体は少しずつ痩せ始めている。客先からは評判がいい。好感度の高い柔和な声と、相手の緊張をほぐす優しい顔つきは変わらなかった。

「何、どうしたの？」

「実は早期退職した人がいてね。その穴埋めとして俺が融資課に行くことになったんだよ」

「へえ、そうなの。花形の部署とはいえ、かなり大変になるわね――よいしょっと！」

美沙子は床に転がってストレッチを始めた。ヨガのインストラクターだけあって股関節は驚くほど柔らかい。腹ばいの百八十度の開脚は家の中で見るとかなり迫力がある。続けざまに美沙子は、長くすっきりした両足を後ろへ半円を描くみたいにグルっと回した。見事だ！

「床が冷たくて気持ちいいわ。日が暮れても、まだ暑いもんね」

ふうっとゆっくり息を吐く度、綺麗に締まった全身が静かに落ち着いてゆく。

ふと顔を持ち上げ、小さな顎《あご》を床につけた。そのまま上目遣いで、

「ねえ……あれから和也は元気にしているかしら？」

美沙子は俊彦に声をかける。キッチンで新鮮なレタスを裂く音が響いてくる。

「うん、兄さんも変わりないみたいだよ」

さりげない返事が返ってくる。

今年の春先、長男の和也は俊彦の就職を祝ってくれた。もうそれがすでに懐かしい。母子三人が待ち合わせたＪＲホテルクレメント高松で乾杯して以来、美沙子は和也の顔を見ていない。

「あの子、たしか今年から弓道部の顧問になったのよね、上手くやっているのかしら？」

「そういえば女子高生を指導するのは難しいって、ラインがきていたよ」

「まあ、女子高の教師も大変ね。下手するとセクハラになりかねないもの」

「……うん、そういう意味の……難しい話だったよ」

俊彦は白い楕円型の食器にご飯を盛る手をわずかに止めた。実は俊彦も入社したての頃、思わぬ難しい事態に遭遇してしまったのだ。

＊

「さっき連絡が入った。あそこの社長が君に自宅へ来てほしいそうだ。新人のお前に高額な現金を預けたがっている。すぐに行ってくれ！」

先輩の男性行員が少し離れた場所から俊彦に伝言を放った。客先は中小企業の社長だ。

「はい！　すぐに行ってきます」

新しい紺色のスーツを着た俊彦はヘルメットをかぶり、張り切ってバイクに乗る。

その社長とは一度だけ会っていた。新任の挨拶回りの日、前任者に連れられて会社へ行った時に名刺交換もしている。社長はジムで体を鍛えているというだけあって筋肉質な感じだった。そんなことを思い出しながら、しばらくバイクを走らせる。到着した社長の自宅――玄関先にバイクを停めてヘルメットを脱ぐ。

洋風の大きな家だ。

玄関で社長に迎え入れられて、虎の敷物がある応接室に通された。大きな板張りの船底天井が美しい。静かだ。家人はいないようだ。俊彦は黒い銀行鞄を足元に置いて社長と向き合う形でソファーに座った。この時、経営者のいかめしい視線を感じて緊張が走った。

「じゃ、これを普通口座に入金してくれ、頼んだよ」

社長がそう言って分厚い封筒をテーブルに置いた。俊彦は恭《うやうや》しく封筒を両手で受け取り、新券を扇状に広げた。手早く親指で五枚ずつ軽快に数え終える。

「では確かにお預かりいたします、もう少々お待ちください」

俊彦は一息つきながらも、まだ緊張が続く。次にモバイルを操作して受取証を発行する準備をしていた。すると何故か、急に社長は立ち上がった。何かな？　と思っている俊彦の手元を覗き込む感じで社長がやって来た。そのまま何気ない顔をして俊彦の隣に座った。

　すると、その時だ！

「え？」

　思わずペンを持つ俊彦の手が止まった。驚きのあまり、瞬きも忘れて顔面は硬直してしまう。すぐに社長は立ち上がって、元の位置へと戻ってゆく。ソファーの背に体をゆったりと任せ、おもむろに足を組んだ。静かに目を瞑って平然としている。

《えっ、気のせいじゃないよな。俺、今、股間を触られたような気がするんだけど……いったい、何だ？……》

　内心では大きく動揺しつつ、ここはとにかく冷静に対処せねばならぬと思い、

「こ、この度は当行に高額な預金をお任せいただき、誠にありがとうございました。では、では、これにて私は失礼いたします……」

　俊彦は深々と笑顔で社長に頭を下げる。急いで顔を部屋から廊下へ向ける。一瞬にして営業スマイルが消え、鞄を抱えて応接間から飛び出した。

《もう！　あれはいったい、何だったんだ！　深く考えず流すべきか？　いや流せない！　だけど何とかして流したい……》

　帰りのバイクを走らせながら、俊彦は心の内で必死に自問自答を繰り返した。

＊

「さあ、はい、カレーができたよ」

俊彦は気を取り直して、明るい声で美沙子に声をかけた。

「うわあ、美味しそうじゃないの。いっただきます！」

美沙子は声を弾ませ両手を合わせる。スプーンを手に取り、ふうふうと食べ始めた。

こんな時、俊彦は小学生の頃を誇らしげに思い出す。

「お前のお母さんって可愛いな」

「笑顔が明るい」

「若くてうらやましい」

同級生らが興奮して俊彦に言った。

美沙子は初対面でも相手の緊張をほぐし、安心させてしまう。

まだ少ない形容の言葉しか持たない低学年の子供たちは、おそらく美沙子に『オーラがある』と表現したかったに違いない。

「きっといい思い出になるわよ」

美沙子は毎年、俊彦の誕生日を祝うためにクラスメイトたちを家に招待していた。

その日はジーンズ姿でカレーを準備し、明るく爽やかにもてなす。子供たちにとってのサプライズは、一緒にケーキを手作りすることだった。始終、キッチンで大声を出してはしゃぐ中、何故か俊彦は女子を避けて男子と腕を組み合いじゃれ合っていた……。

「俊彦が作るカレーは美味しいわ。おかわりしたい！」

「はい、何杯でもどうぞ」

美沙子たちはあっという間に鍋を空にした。

「いつものマサラティーを淹《い》れるわね」

立ち上がる美沙子はそう言ってマイセンの茶器を用意する。少し前に、

【遺品のアンティーク食器の価値はいずれ下がるから、早く普段使いにした方がいいわ】

兄嫁の留美がラインで美沙子に知らせてきた。

それなら……と、ためらいつつ、使ってみることにした。するとやはり上質な器はいい。なめらかな手触りや口当たりが心地好く癒される。マサラティーが高い香りを放つ。器を選んだ父が一緒に香りをかいで楽しんでいるみたいだ。

「カレーの後は、これ最高だな。母さんが淹れるマサラティーはやっぱり旨いよ」

「ほんとスパイシーな味ね、器がいいからよ。今日も無事に終わってホッとするわ」

二人が満腹感に浸っていると、いつの間にかテレビの特別番組は終わっていた。

俊彦の目がふとテレビの画面を捉らえてしまう。そこには大衆向けのドラマが流れている。

売れっ子の若い男優同士が腕を組み、夜の繁華街を歩いていた。

何やら、ゲイをテーマとするストーリーのドラマだ。

ラブホテルに入った男二人が、部屋の中で仲良く愛を語り合うシーンが映し出される。

すると突然、ブチッ！　美沙子がテレビを消した。

「これ何なの⁉　気分の悪いドラマね」

別人みたいに声が豹変している。さっきまでと違う。不快な目つきで何も言わない
肩も動かない。さっき、いきなり美沙子が乱暴な手つきでリモコンを掴んだ時の様子が、俊彦のマサラティーの味をも消した。美沙子が歯がみをする音がうっすらと聞こえてくる。

《うわ、何か、母さんの逆鱗に触れている。ドラマは、さほどの内容じゃなかったけどな……》

俊彦は内心、動揺した。同時に美沙子の変貌ぶりに疑問を覚える。

けれど美沙子は何事もなかったように、

「今度の休みに和也が戻ってくるはずよ」

「ああ、そうだね。兄さんの親しい友人が銀行にもいる。仕事のことを聞いてみるよ」

俊彦は、困惑の余韻を遠ざけようと自然な返事をした。

「母さん、同期の仲の良い同僚が東京の支店へ行くことになった。この秋の転勤だよ。時々、俺も手伝いに東京へ行くことになると思う」

「あらそう、わかったわ、何かと大変ね。東京……か、都内だと素敵な女性がたくさん働いているわ。俊彦なら年上の女性にもてそうだし、ふうん、東京もいいわね。向こうでいい人を見つけたら必ず、母さんにも紹介してね」

「えっ、彼女?! ハハッ、女性は……仕事が忙しいからそれどころじゃないと思うよ」

俊彦はやんわりと、でも強く打ち消してくる。

《もしかすると照れて言わないだけで、すでに恋人はいるのかもしれない……》

美沙子はワクワクしてくる。楽しみだ。

「ああ、俊彦？　あなたそういえば……」

「ん？」

何故か少しだけ俊彦は慌てる。

「前に、たしか虫歯があるとか言ってなかった？」

「あ、うん、そうだったな。でも今は痛みが落ち着いているから大丈夫かな」

「でも東京へ行くんでしょう？　早めに歯医者さんへ行って治しておきなさいよ」

「うん、そうだね。なるべくそうするよ」

成人してからの俊彦は、何となく美沙子の名門の旧家での生い立ちを感じ取るようになった。自己管理には徹底して厳しく、経営者として強い責任感を持つ。育ちが裕福なせいで何かと誤解されがちだ。

名門の旧家

美沙子は、家族を振り回す父と、大勢の煩わしい親戚が集まり干渉する中で揉まれて育った。

昔の時代だ。今のようなプライバシーなどあったものじゃない。

日々、『忍』の大きな一筆を欠かせない生活だった。それにも拘わらず、離婚しても恵まれていると人目には映ってしまう。

幼い頃から美沙子は、様々な辛抱を強いられてきた。クラシックバレエを習っていた頃は長い髪をお団子にして、郊外の教室へレッスンに通っていた。発表会やコンクールでは舞台用のメイクを施すとなお、可愛らしい。幼児とは思えない情感ある踊りの表現力と相まって、舞台では大勢の観客を惹きつける。可憐な魅力に他のレッスン生の親たちも釘付けだ。誰もが夢中になって騒ぐ。そのせいで舞台の度、無数のカメラが美沙子を狙った。毎回おびただしい写真を美沙子は保護者たちからプレゼントされることになった。

ある日、教室を通して出版社から華岡家に連絡が入った。美沙子をバレエ雑誌の子供モデルに起用したいとの依頼だ。その話を持ち掛けられた時、

「うちの娘は大衆の愛玩物ではない！」

父が不機嫌な顔つきで、けんもほろろに担当者の依頼を一蹴した。

美沙子がバレエ教室に通っていた頃の一番仲の良い友達は太っていた。休憩中、美沙子はその子が飼っている猫の話を聞くのが楽しみだった。華岡家では動物を飼うことを禁じられていたからだ。

庭では蝉の鳴き声がうるさくやかましい。戸外は人影も溶かしそうなくらいの暑い日だった。美沙子はその子を家に招いて自分の部屋で遊んでいた。するとドアが開き、

「おや、この子は何だ？」

父が友達を無遠慮に見下ろし眺めて呟いた。

「君はバレエを学んでいるというのに太り過ぎだな。どうにかならんのか」

可哀そうに、その子は皿の菓子に伸ばしかけた手を慌てて引っ込めた。おまけに、

「美沙子、お前も悪い。一緒に遊ぶ友人は、よく考えてちゃんと選びなさい」

などと父は平気で言う。肥満は感染すると信じ込んでいる風だ。確かに大人だと一緒に過ごすうち、食べる量や習慣が似通ってくるし、あながち間違いではない。けれど違う。

父は、小学校低学年の子供の人間関係にまで口を挟んできた。二人にはわけがわからない。それでも気にせず、一緒に楽しい人形遊びを続ける時間を取り戻した。そのうちコップのジュースが空になった。

「ちょっと、待っていて。ジュースをもらって、すぐに戻るから」

美沙子は人形を置いて台所へ向かう。家政婦からジュースの紙パックを受け取り、急いで部屋に戻る途中、ふと立ち止まった。何かを思いついたような足取りで壁全体が本棚になっている部屋に入ってゆく。少しの間、意気揚々と探し物をした。

《あった！》

心の中で叫ぶ美沙子は猫の図鑑を取り出した。友達を喜ばせたい。笑顔で音をたて

ないよう足早で急ぎ、勢いよく部屋のドアを開けた。

ところが誰もいない。

午後の窓際には白いレースのカーテンだけが揺れている。

床に映る大きなドールハウスはしんみりと佇み、さっきまで二人が遊んでいた人形の服や小物が綺麗に並べ片づけられていた。ハッとした美沙子は図鑑を置いて部屋を飛び出した。しばらくの間、友達を探しに家中のあちこちを走りまわる。そこへ、

「美沙子様、お友達でしたら、さっき旦那様が何か話した後、お帰りになりましたよ」

家政婦の一人が見かねて声をかけてきた。

《お父さんが？　だったらまた何か酷いことを言ったのかもしれない……》

この暑い中、帰りがけの友達は涙ぐんでいたという。美沙子はしょんぼりと部屋に戻る。床に置いた図鑑の前に呆然と座り込んだ。

次のレッスン日、その子は美沙子と顔を合わせても近づかなくなった。仕方ない。しばらくの間、他のレッスンメイトたちも不自然な態度になる。何となく目つきは険悪で前と違って態度はよそよそしい。同じく低学年の夏休み、

「今日は時間があるからな、美沙子を映画に連れて行ってやろう」

父に言われた美沙子は歓喜した。滅多にない大サービスだ。子供向けの映画は午後

の部、ジュースとポップコーンを持って父娘は高松の商店街にある映画館に入った。

二人が座席に座ったところで、

「おっと、いけない。仕事を思い出した。すぐ済ませてくるからここで待っていなさい」

暗い館内の座席は次々と家族連れで埋まる。張り切って自分で選んだ可愛い洋服で着飾った美沙子は、独り残された。現代であれば虐待行為に等しい。父は映画が終わっても戻らなかった。美沙子は、警察の人に色々聞かれたことを今でも覚えている。

「美沙子、大丈夫か！」

正則が中学の部活を抜けて、父の代わりに迎えに来た。顔色を変えて映画館の支配人に何度も頭を下げる兄の手を、美沙子は優しく握った。しばらくして映画館を出ると、

「お兄ちゃん、もう、これいらない」

美沙子は手つかずの湿ったポップコーンを正則に渡した。茜色の夕日がすぐ近くの交番横にある大きなゴミ箱を赤く照らしている。そこへ投げ込んだ直後、黒い人影が現れた。

浮浪者だ。

美沙子の心にショックな出来事が続く。

どこからかやって来た小柄な浮浪者がゴミ箱を漁り、さっき捨てたポップコーンを

素早く拾い上げ、美沙子たちをギョロっと見た。

逆光のせいで男か女かもわからない。

去ってゆくその風貌と臭いは、郊外育ちの兄妹にとって不気味で怖い光景だった。

信号待ちするタクシーの窓には、髪を綺麗に結い、ドレスを纏《まと》う女たちが飲み屋街へと歩いてゆく。二人はそんな非日常の匂いがする繁華街を初めて目の当たりにした。

真っ赤なヒールのつま先が進んでゆく先にはどんな場所があって、どんな風にして過ごす時間が始まるのだろう……。その夜、美沙子はうなされ、高い熱を出した。


高校時代の晩秋にも、ショッキングなことが起きた。

「美沙ちゃん、明日からの文化祭はいいものにしようね」

「うん、遅くなったし、琴電《ことでん》の栗林《りつりん》公園駅まで走ろうよ」

「暗くなるから、屋島駅に着いたら家まで私が美沙ちゃんを自転車で送ってあげるね」

その日、同級生と生徒会活動に追われたせいで、珍しく帰りが遅くなってしまった。

秋になると日が暮れるのが早い。友人は約束した通り、暗くなった道を自転車で遠回りして美沙子を家へ送ってくれた。有り難い。門に近づくと、

「ヒエッ、夜の華岡邸は迫力があるね。あれ？　玄関の前に誰か立っているよ」

美沙子は友人の声に嫌な予感がした。季節は肌寒い。にも拘わらず制服に覆われた背中に変な汗が滲む。自転車を漕ぐ友人の後ろから、美沙子がそっと無言で覗いてみる。

「ねえ、美沙ちゃん、誰あの人。豪邸よりも凄い感じの迫力があるよ。な、何かヤバイんじゃ……」

友人はハンドルをぐらつかせた。門の前に自転車を停めて、二人は玄関までの長い距離を互いの顔を時々見ながら不自然に寄り添って歩く。玄関先の小さい灯りの下で腕組みする父が二人を凝視している。待ち構え、ジロッと睨む目が美沙子の顔を捕らえるなり、

「こら、この馬鹿どもが！　こんな時間まで何をしていた。未成年のくせに遅いぞっ！」

父は友人まで巻き添えにして激怒する。その怒り具合いは、子を心配している――のではない。それはむしろ、子供のくせに親である自分を不安にさせた――そのことに腹を立てていた。父は、相手が誰であろうと手加減しない。父が一方的な憤怒を消費し終えるまで、美沙子たちは静かに耐え待つことにした。そんな大人の判断をする二人に対し、父は罵声をたて続けに浴びせる。友人の帰る時間が遅くなることなど、父はお構いなしだ。しまいには、

「本当に何を考えている、誘拐も覚悟しとけ！」

《は？　誘拐？　どの口がそれを言うのか、映画館に子供を置き忘れたのは誰！》

いや、我慢、我慢、うっかり口にすると怒りの時間が呪いみたいに長引く。

散々怒鳴り散らすと、気が済んだのか、父は腕組みをほどき去っていった。美沙子たちは解放感と、呆れる感覚が交じり合い、しばらく呆然とした。停滞する無言が溶けかけ、大きな四枚引き戸の玄関先で深いため息をつく。

「美沙ちゃんて……結構大変なんだね。私、お嬢様でなくてよかったよ」

「せっかく遠回りして送ってくれたのに、こんなことになってごめんね」

「ううん、それはいい。だけどもううらやましくない」

その時、玄関の大きな灯りがついた。家の中からゆっくりと女二人の影が伸びてくる。

「今晩は、美沙子のお友達ね？　いつも娘と仲良くしてくれてありがとう」

美沙子の母だ。病んだ青白い顔で家政婦に支えられている。

「それとさっきは、あなたまで……ごめんなさいね。これ、お菓子なの。よかったら持って帰ってちょうだい」

母は父の非礼を友人に侘びようと、寝衣にショール姿で起き上がって来たのだ。

「母さん、ここは寒いからよけいに体を悪くするわ、早くお布団へ戻って！」

美沙子は家政婦に目配せする。母たちは友人に丁寧な会釈をして、家の中へと入っていった。

「綺麗なお母さん……ほんとにありえない。家族の人たちは色々と我慢しているんだね」

友人に気の毒がられ、美沙子は心底恥ずかしいと思った。穴があったら飛び込みたい気分だ。

「また明日ね！」

友人は明るく言い、急いで自転車を漕ぐ。ルーヴの焼き菓子が入った紙袋をハンドルにぶら下げて喜んでいる。その後ろ姿を美沙子は見えなくなるまで見送った。庭師が手入れした日本庭園の樹木たちが、青暗い夜空の下で黒いシルエットを描いていた。

寒い中でくすぶっていると、庭の池で錦鯉が跳ねた。闇に響く水音は思春期の心を慰《なぐさ》めているみたいだ。この時から美沙子は、つくづく『普通』に強い憧れを抱くようになってゆく。


大学進学時期にはこんな騒動もあった。

ある休日の朝、美沙子は自室にいた。鏡の前でポニーテールに髪を結い上げていると、

「華岡美沙子さんに郵便です！」

郵便配達員が直接、美沙子を玄関に呼んだ。美沙子宛の分厚く大きなその郵便物は、華岡家のポストに入れづらかったみたいだ。

美沙子は二階から、ポニーテールを揺らしながら細い足で階段をトントンと下りた。

《うおぉ、可愛い娘さんだ！　さ、さすが、地元に名高い華岡家……》

若い男の配達員は我を忘れる。

「ありがとうございます。これが届くのを待ちかねていたの」

「ど、どうも」

配達員はつい、赤らんだ顔をかぶっている帽子で慌てて隠した。

直接配達員から郵便物を受け取った美沙子は、満面の笑みで部屋に戻ろうとした。

するとその時、

「おい、美沙子、それは何だ。こっちへよこせ！」

運悪く父に見咎められてしまった。

《ヤバイ……》

美沙子は簡単に渡そうとしない。

「どうした？　早く父さんに見せなさい！」

「あっ！」

父は美沙子から郵便物を無理やり奪い取った。封書に書かれた大学名を父が見て、

「何だ？　県外の大学へ行くなど以《もっ》ての他《ほか》だぞ。女は学問するよりも見合いしろ！」

父は数冊に及ぶ大学の案内資料を取り出した。そしてそれを捲ることもなく、わざわざ美沙子の前で破った。小冊子とはいえ、素手で破くとは凄い。父の怒りに比例する力だ。長い廊下におかれた木製のゴミ箱がそれらをいきなり受け止めた。嘘みたいな時代錯誤の傲慢さだ。父の機嫌は悪く、プリプリと怒ったまま自分の書斎へ入っていく。すぐに少し離れたリビングのドアが開いた。美沙子がその部屋に近づくと、

「ちょっと、さっきのお父さんったら、何なの？」

病気がちの母が珍しく起きてソファーに座っている。

兄の正則はドアに手をかけ、立っていた。

「いまどき進学のことで何を言っているんだ。自分の娘に対して……あんまりだな」

銀行員の正則はソファーに戻って、美沙子の将来を何とかしてやりたいと焦っている。

「どうしましょう、あんなに頑張っていたバレエも父さんが無理やり止めさせたのに」

「ああ、そうだった。ローザンヌの候補に挙がっていたのに……あの時も無茶苦茶だったな。これだと子供を所有物化している。普通の娘なら家出するかもしれないぞ」

「…………」

美沙子は何も言わない。たしかに正則の言う通りだ。けれど何があっても美沙子は自分を産んでくれた母を悲しませたくない。耐えることにも慣れてしまった。

「これからの女性は、生きていくために、まずは手に職をつけないといけないと私は思うの」

「母さんの言う通りだ。今の世は先が読めない。ますます不景気になっていくからな」

二人は美沙子に新しい教育を受けさせてやりたい。なんだかんだとやりとりする母たちの顔は本気だ。母は時折、辛そうな顔をして胸をやつれた手でおさえている。

美沙子の心は痛くて辛い。

解決の見込みは限りなく薄い。家族の前でも情けなくてやりきれない気分になる。

美沙子は急に部屋を飛び出して階段を駆け上がった。

「あら美沙子、あの子ったらどうしたのかしら？」

上の階でバタンと部屋のドアが閉まった。その音が階下に響き余韻を残している。

美沙子を案じる母が弱々しく立ち上がろうとすると、

「母さんは心配しなくていい、ここにいてくれ。俺がちょっと、見てくる」

正則が心配顔で美沙子の後を追いかけ、二階の部屋へと上がっていく。

「美沙子、いいか、ちょっと入るぞ」

　部屋の前にやって来て正則は声をかけた。しかし、返事がない。正則の手が部屋のドアを開けると、美沙子がベッドの上でうつ伏せになっている。

「あ、おい美沙子、大丈夫か？　大学のことは……何てことだ。親父には参ったな」

　正則はぶつぶつと呟き、拳を口元にあてた。何かを考える様子で部屋の中をうろつく。

「何も大学の入学案内書を破かなくたって……まったく、あんな芸当、よくやれるよな」

　正則は呆れ声で言った。ふとベッド脇の小ぶりな椅子が目に留まり、片手で引き寄せて大きな体でドスンと腰かけた。

「うん、そうだね。だけど、父さんが考えていることは初めからわかっていた。私は第一志望……ううん、無理に大学に行けなくても大丈夫よ」

　美沙子はゆっくりと起き上がって、大きな猫のクッションを両腕で抱え込む。馬鹿だった。大学の資料を父に見てもらえればもしかすると……なんて淡い希望を抱いたことを美沙子は後悔した。そのせいで母に気苦労をさせている。ポニーテールの髪はゆるんで、前髪が暗い顔に垂れかかっている。うつろな目に、正則の足元がかすんで映った。

　当然のごとく絶望的な気分だ。

「美沙子、お前は成績だっていい。大学の進学は何があっても、俺と母さんがどうにかする」

正則は父に逆らえないはずだ。それにしては思い切ったことを言う。

「……だけど、父さんがあんな風じゃ、絶対に無理よ」

「おい、お前が弱気になるな。夏休み前に三者面談があっただろ。その時に会ったクラスの担任もいい先生だったし、俺が相談に乗ってもらう。だからそんなに心配するな」

その後、正則たちが父をどのように説得したのかはわからない。けれど美沙子は無事に東京の体育大を卒業した。

都内には桜のつぼみがそこかしこで膨らみ始めている。

「美沙子、良かったな。大学卒業おめでとう！」

いつの頃からか、正則が学校の懇談や式典の出席も全て引き受けていた。美沙子が大学に在学中、体の弱い母は亡くなった。そのため、より一層、社会人の正則を親代わりに慕うようになった。

大学卒業後、都内にある私立高校のダンス教師となった美沙子は、理事たちの高い評価を受けた。母の死を乗り越え、無心に仕事に励む姿は、不思議なくらい辛抱や努力を見せない。今少し自己主張してもいいくらいだ。そのため授業を終えると、

「今度、生まれ変わるとしたら、華岡先生みたいになりたい！」

「ほんと、私もそう思うわ。動きのセンスはあるし、何もかも素敵だものね」

生徒たちには美沙子の人生の積み重ねが見えないせいか、更衣室でそんな風に軽く憧れる話をしていた。美沙子は誤解を招きやすい。逃げようのない窮屈な生い立ちに反し、人前では無自覚な輝きが様々な苦労を覆い隠してしまう。


高松に戻った美沙子は田中と結婚した。朗らかな表情にしっとり感が加わり、子供が生まれてからもいい感じに変わった。母を失い、時として揺らぐ気持ちが消えてゆく。

「お兄ちゃんの和也はお母さんと似ているな」

「俊ちゃんは……父親似だね」

昔は行事ごとに親戚が集まってくる。そんな時、こんな風な話がよく出ていた。和也は育ちこそ華岡家ではないが、確かに美沙子と似ている。顔だけでなく人柄も良い。誰にでも好かれ、優れた洞察力が人の感情や思考を肯定的に捉えてしまう。どちらも教師にぴったりだ。時に母子して、

「どんな人でも、いつか気づく時がくるのよ」

「どんな奴でも悪気はないさ」

どんな不快な思いをしようと、『性善説』を唱えるにふさわしい人間たちといえよう。

美沙子は息子たちが小学生の頃、他の母親と共に春の保護者会に出席した。

「制服の廃止について、皆さまのご意見をどうぞ」

《またこの話？　子供が何を着るのも自由だし、体を快適に保てればいいだけでしょう。都会に合わせて自由服を取り入れていいのではないかしら》

「いくら田中さんでも、この場は周囲に合わせないと誤解されかねないですわよ」

隣からこっそり耳打ちする女性は市議の妻、香奈江だ。いつも不必要なことは言わない。普段から優しい口調で美沙子を気にかけてくれる。その声を尊重することにし、

「全国的な方針と動きに目を配りつつ、今後の解決策を探りましょう」

容姿だけでも目立つ美沙子は、当たり障りなく答える。隣でホッとする吐息を感じた。多くの同席者は透明感ある美沙子の声に頷く。他は嫉妬深い目つきだ。散会となり、

「田中さん、あれでよかったわ。問題を外部との相互好意的な視点にすり替えたのね」

帰り道で香奈江が後ろから話しかけてきた。風に揺れるストレートヘアの知的なボブスタイルが実に爽やかだ。切れ長の目と綺麗な三日月眉は、夫である市議の好みを思わせる。二人が並んで歩いていると、道沿いにある神社の鳥居が見えた。美沙子の

大きな瞳が驚く。

階段の両脇に並んでいた桜木がない！　新しい光沢の切り株がいたく生々しい。

美沙子が幼い頃は、桜の下で行う祭りや縁日が盛んだった。人目につかない木の陰で、幼い手が夢中になって薄いピンク色の花弁を拾った。掌に盛り集めた綺麗な花弁に、こっそりと顔を埋めて桜の香りを楽しんだことを思い出す。毎年たくさんの思い出を刻み、出産した後、お宮参りも桜はその清廉な美しさで包んでくれた。長年見慣れた神聖な風情が違って見えてしまう。

《あれほど見事に咲き誇った桜が無い。全て取り除かれている……、嘘でしょ？》

美沙子はまるで暴漢に襲われた気分だ。

それほど唐突に変わり果てた光景を目にしている。

この上なく無残だ。切り株の表面に薄くかぶさる黒い泥の粒が穢れにも思えた。

大切なものを略奪された感覚にも等しい。

見ているだけで何かが胸に鋭く刺しこんでくる。

この世に無限はなく、人は歳月を重ねて夢幻に達する。視界に入る切り株はその一つに過ぎない。刻《とき》の経過は、時に虚しく残酷だ。懐かしい匂いの記憶は儚《はかな》くどこかへ染み込んで消えてしまった。

誰しもどこかで思い知る。特に若い頃は、親しい人や肉親を不死と思い込みがちだ。独りよがりに当たり前という幻想を信じてはいけない。

大方の場合、失うことは実のところ急ではない。例えば桜の存在と寿命、その変化に気づくことなく知らぬ間にこうした事態と遭遇してしまう。されど、あらゆる感覚と経験が繋ぎ合わされて人は成長する。

秘密と慟哭

それから約十年後、美沙子の夫が従来の常識や人生観を大きく覆す。

「美沙ちゃんが離婚するなんて……」

「あんな立派な、昔からの堅い家で育っているのにね、どうかしている」

《何も知らないくせに、ほうっておいてほしい》

その頃、高松の街は再開発が続いた。けれど郊外に暮らす人々の考えは同じだ。何も変わらないし、あえて変えようとしない。

「この街から田中さんが出ていくなんて……」

香奈江はそう言って残念そうに悔しがった。

後に美沙子が開くヨガスタジオの場所が生まれ育った郊外の街であったとすれば、健康を維持したいと願う高齢者も通うことができたはずだ。一日中、家の中にこもって寂しい思いをしなくてすむ。街を潤すことに貢献したい、華岡家の娘として生まれた土地を離れたくない——それが美沙子の本音だった。しかし自分が、哀れんだ神社の桜みたいになっていることに気づく。今は自分が取り除かれそうだ。説明が困難な理由ある離婚の悔しさ以上に……。

《何があろうと、息子たちのために、離婚の理由を世間に知られてはならない！》

そう思った。

そうしないと二人の将来に、深く大きな悪影響を及ぼしてしまう。

とにかくこの街に居ては駄目だ。このまま暮らし続けると、いつか必ずバレてしまう。恐れに恐れ、美沙子は夜も布団の中で組んだ手を震わせて怯える。けれど芯の強さと決断がついに結びつく。高校生の俊彦を連れて、高松市の中心街へ引っ越すことにした。けれど、それまで怯え続けた神経は、人との会話を避けたせいで過敏になっていた。ひたすら美沙子は事実を抑え込み、しばしば嘔吐することが起きた。引っ越しの作業中も何とか耐えしのぐ。そんな折、『イタリアンの美味しいお店が屋島西町にオープンしたの。シェフに招待されたから田中さん、良ければ引っ越す前に一緒にランチはどう？　息抜きも必要だわ』

香奈江がお餞別代わりに食事の誘いをしてくる。メールの文体は控え目で上手い。

数日後、美沙子は瀬戸内の海際にオープンした新しいレストランで、香奈江と一緒にランチをとった。二人が店に入ると、周囲の客の目を引いた。その洗練された雰囲気が、静かに漏れる感嘆のため息をもたらした。

変に気を遣うわけでない香奈江との会話は、久しぶりに楽しい時間だ。最後まで離婚の理由を聞き出そうとしないのは、都会育ちの香奈江だけだった。

ヨガスタジオの美沙子は、日曜ヨガの個人レッスンを終えたところだ。細い紐を首の後ろでリボンに結んだタンクトップを着ている。ほんの少し前、県外からのレッスン生はスタジオを後にした。水を口に含んだ美沙子は、立ったままでうなじの汗を今治タオルに吸わせている。もともと日に焼けないきめ細かで滑らかな白い肌は、女が見ても触りたくなるほどだ。いつも通り片づけをする横顔は、順調な仕事の進み具合にホッとしている。その時、スマホが鳴った。美沙子は手にしたモップを急いで壁に立てかけて、電話に出た。

「美沙子、大変だ。聞いてくれ！　俺、トイレで電話をしているんだ」

正則が小声をうわずらせ、慌てている。こんな風な電話はめったにない。何事か？

「兄さん、どうしたの？　落ち着いて話してちょうだい」

美沙子は眉間に少々皺《しわ》を寄せ、汗ばむ手でスマホを握り直す。スタジオの大きな鏡に、白い背中が不安気に映り込んでいる。何気なく視線を床へ落とし、まだ汗が流れ落ちてくる小さな顎にタオルを当てた。

「あ……ああ、あのな、こっちに俊彦が来ている」

「あら俊彦が？　あ、この季節だし、庭の柿を取りに行ったのかしら。毎年、鈴なりに実がつくものね、わりと大きな段ボール箱にいっぱいになるでしょう？」

美沙子は少しだけ息をつき、腰に巻いた薄手のパーカーを片手で外した。

「そうだけど、そうじゃない。ああ、俊彦はとんだことになっている。もう何てことだ、あれは素直で賢いから、華岡家の養子に来てほしかったのにな」

「は？　何の話よ」

美沙子は怪訝な顔でパーカーの片袖に通しかけた手をとめた。

「いや、何でもない、それより、美沙子、それどころじゃないぞ。これは一大事だ、今すぐに来てくれ！」

正則の声が絶叫に近い。美沙子の耳元で一方的に電話は切られた。

《何？　大げさね。一大事って、いったい……？》

温厚な正則が冷静を欠く声を出すのを久しぶりに聞いた。昔、元夫が家を出た時、たしかこんな風だった。正則は家族思いだ。美沙子はチャコットのスポーツバッグを素早く車の後部座席に投げ入れた。焦げ茶のサングラスをかけ、ハンドルを握る。すれ違う車が次々と美沙子を意識する。中には好奇に満ちた無遠慮な視線を投げかける若い男性ドライバーもいた。

海が見え隠れする郊外の空は高い。

さぬき浜街道を東へ向かって走る途中、美沙子は窓を全開にした。海風が勢いよく秋の匂いを吹き込んでくる。


「兄さん、いるの？　お邪魔するわよ」

美沙子が華岡邸に入っていく。染み付いた習慣はなかなか取れない。今にも父が出てきそうな長い廊下を、音もたてず静かに歩いた。窓がない日本家屋の『中の間』は昼間でも薄暗い。手前にある応接間の扉が開き、ゴルフシャツを着た正則が美沙子を迎えた。

「あら、兄さんだけなの？　はい、どうぞ、ミネラルウォーターよ」

「ああ、よく来てくれた。家政婦は休暇中だ」

黒い革張りのソファーの上で兄妹が向き合う。何があったのか正則は悲痛な顔つきだ。

「留美は海外旅行中だし、その、俊彦は……俺が買い物を頼んで、さっき外へ出したところだ」

「普通の家だと、男性が一人の時こそ家事をしてもらう人が必要なのにね」

半ばからかう気分で、美沙子は明るく言い、ペットボトルの蓋を開けた。

見ていると正則はピクリとも動かない。

しばし沈黙が続き、沈んだ室内の空気がなお淀んでいく。

暖炉の上に置かれたアールヌーボーの置き時計が、規則的な秒針を刻む。

その音が気になり始めた。

美沙子は内心、思う。夜までに片づけたい用事が、まだ残っている。どんな立場になろうと、女性が家の中でこなす作業は基本的に同じだ。どこまでもキリがなく忙しい。処理能力の高い美沙子にとっては、多忙な時間を有効に活用したいところだ。なるべく早く帰りたい心境になる。しかし、正則は黙ったままだ。

「兄さん、さっきの電話だけど……何？」

仕方なく美沙子が口火を切った。とにかく話を早く聞きたい。すると、

「ああ……そのことだ。もう、この先、どうすればいいんだ……俺はあの世の親父に顔向けができない……」

「ちょっと、へえ、兄さんがそんな風に思うなんて、それで何があったの？」

「美沙子、本当にすまない。もうこうなると、俺はお前には償い切れないよ。うっ……」

「わ、本当に大げさね。だからちゃんと話してよ！」

美沙子は急に涙ぐむ正則を前にして少し嫌気がさして、動揺した。こんな姿は初めてだ。

親たちの葬儀でも毅然として最後まで涙を見せなかった華岡家の当主が、これほど崩れるとは……。相当な何かが起きているはずだ。

「俊彦が……俺は参ったよ。頼む、美沙子、落ち着いて聞いてくれ」

「ええ、だからこうして急いで来たのよ。聞くから早く話してちょうだい」

美沙子は真剣な態度で正則の話に向き合うことにした。

「順番に話すから、落ち着いて聞いてくれ。実はな、俊彦が就職したばかりの頃のことから言おう。銀行の仕事で顧客先《とくいさき》へ行った時のことだ。その時、ゲイのお客さんに

変なことをされて困ったらしい」

正則は憔悴した顔で、慎重に、俊彦から聞いた内容——本題に入ろうとした。にも拘わらず、

「はあ？　ゲイですって？　変なことって、何されたのよ！　私、銀行へ抗議しに行くわ」

美沙子は急に大声を出す。大きな目を吊り上げて、勢いよくソファーから立ち上がった。

「やめろ！　お前が行ってどうする、俊彦に恥をかかせる気か！」

正則が怒鳴った。美沙子は腕を強く掴まれソファーに引き戻された。

母として衝動に駆られ、何もしないではいられない。そんな困惑を極める美沙子は正則を憤怒の目で睨みつけた。

「さっき落ち着けといったはずだ。いいから黙って話の続きを聞くんだ！」

正則が絞り出すような大声で怒鳴った。息が荒くなり、苦しそうだ。

「兄さん、何、まだこの続きが……あるというの……？」

美沙子は大粒の涙を流し、悔しさとショックのせいで嘔吐《えず》きかけている。兄妹して呼吸困難を起こしそうだ。正則は目尻を赤く滲ませ、額に吹き出す大粒の汗を手で

拭った。目をカッと見開き、肝心な部分を美沙子に聞かせるため、無理やり大きく息を吸い込んで呼吸を整えた。

「いいか、お前は母親だ。生涯、何があっても母だ。だから……ちゃんと内容を聞くんだ！」

＊

華岡家の縁側に木洩れ日が差す昼過ぎ、俊彦が正則を訪ねてきた。

大きな仏壇は、壁一面にどっしりと組み込まれている。華岡家の先祖代々の位牌は、漆の黒地に金の文字が書かれている。大勢の魂がゆったりとこの世を見つめる厳かな感じだ。正則が仏壇を背にして十畳の広々とした江戸間の座敷に座る。麦茶を座卓の向かいに座る俊彦に出した。カーキ色のパーカーを着た俊彦は重々しい顔つきで、きちんと正座して正則を待っていた。

「俊彦、今日は座敷で話したいってどうしたんだ？　そんなにかしこまって……。ははは、外の天気は良いぞ」

正則はそう言って、自分のコップの麦茶をごくごくと飲むと明るい縁側に目をやって、

「今日も昼間は暑いな、それにしても毎年、夏に起きる香川県の水不足には困ったものだ」

「…………」

「いいから、足なんか崩して楽にしろ。キンキンに冷えた麦茶は旨いぞ！」

正則がいつも通りざっくばらんに言って、ガラスの水差しの麦茶を自分のコップに継ぎ足した。俊彦は黙ったままで正座を続ける。そこで、

「おい、俊彦、さっきからどうした？　そんなに深刻な顔して、いったいどういうことだ？」

「伯父さん、実は俺……あの……」

俊彦は何か言いたそうにして、黙り込む。何やらもどかしい感じだ。しばらくの間、何度も言いかけては目を瞑ってやめる――それの繰り返しだ。

「お、何か、深刻そうだな。よくわからんが、話すのはゆっくりでいい。考えていることを聞かせてくれ。悩みがあるなら、俺が何でも聞いてやるから安心しろ」

「あの……じゃ、銀行に入ったばかりの時のことから……。困ってしまうことがあったんだ」

正則の言葉に促されて俊彦が、ようやく意を決した感じでポツポツと話し始めた。それでも暗い顔つきで訴え続け、

「……自宅に来てほしいとか、俺もおかしいと思ったんだ。まだ新人なのに、『高額の

預金をしたいから田中さんにお願いしたい』って俺を呼ぶお客さんがいてさ」

言いにくそうな口から出る言葉は、ひたすらたどたどしく聞こえる。

「ふうん、良かったじゃないか、それで？」

正則は俊彦の話を途中まではうんうんと頷きながら聞いていたが、

「おわ、股間って……、何だそれ、お前、本当か？」

いきなり正則が叫び、その頷きは唐突なタイミングで止まった。

《これは嘘だ！　待ってくれ！　信じられない！　何ということだ！》

正則の気持ちが全然落ち着かない内に、

「それと伯父さん、俺……昔から女の人と付き合えないんだ！」

俊彦は意を決して、目の前の正則に打ち明けた。

《うおお、と、俊彦！　おい、やめろよ。お前がそれを言うな、頼む！》

「え、え、そうなのか。けどな、何かお前のちょっとした、き、気のせいじゃないのか？」

焦燥に駆られるせいで、正則は変な話し方になっている。それを直す余裕はない。

「けどお前だったら、そ、それなりに、も、モテそうなのに……」

正則の動揺は続く。何度も言葉に詰まり、どもってしまう。口中の粘膜を噛みかけた。

「ずっと誰にも言えなくて、本当に辛かった。伯父さん、俺は男の人が好きなんだ」

「うわあ、やめろ！　急に何を言い出すんだ。俊彦、ち、ちょっと待ってくれ！」

　口の中が苦い。すでに粘膜を噛んでいた。正則はその痛みに気づかないくらい焦っている。

「実は最近、母さんから、『女性と付き合うことになったら知らせてほしい』と言われたよ。無理もない、きっと心配になったんだ。同級生も結婚し始めている」

「そ、そうだな。お前は彼女がいないみたいだったし、どの家でも息子の結婚を母親は心配する……もんだぞ……」

「それと、もう一つ。伯父さんにはこれからの大事な報告をしたくて……」

「え？　まだ何かあるのか？」

　正則は内心、聞くのが怖い。だけど俊彦は聞いてほしそうだ。話を聞いてやれるのは自分しかいない。どうであろうと俊彦は、可愛いから仕方ない、伯父としておそるおそる聞くことにした。

「この先、一緒に暮らしたい人がいるのに……誰にも言えない……」

「はあ？　俊彦……まさか……じゃ、相手は男か……？」

「うん、伯父さん、どうしよう。こんなことは誰にも相談できない。言えないんだ」

「誰にも言わんでいい！　そのことは絶対に誰にも言うんじゃないぞ、わかったな！」

「伯父さん、もう……こんな俺はどうすればいいかわからないよ……」

正則は俊彦との会話を、震える声で目を瞑ったまま美沙子に話し切った。そして大きく息を吐くと、

＊

「おい、美沙子！　大丈夫か、しっかりしろ！」

「大丈夫……なわけない。兄さん、あの子まで……ゲイ？　ああ何てことなの……」

体中に激震が走る。美沙子はガタガタ震え、今にもソファーからずり落ちそうだ。慌てた正則が、力強く美沙子の両脇を支えて細い体を抱え引っ張り起こす。なお続く二人の動揺と混乱は部屋の中に渦巻く。無論、その感情の渦は誰の手にも負えない。大きな流れがやまない。

その時、ゆっくりと部屋の扉が開いた。二人はギクッとする。そこには俊彦が斜め掛けのポーチスタイルで立っているではないか！　いつの間に……。

その刹那、美沙子の顔が凍り付く。

扉の際に立つ俊彦の買い物袋が、ゆらゆらと揺れている。足にはスリッパがない。足音を消すためか。きっと外に停めてある美沙子の車を見つけたせいだ。

「母さん！　さっきの話、俺までゲイって……それいったいどういうこと？」

部屋に入ってくるなり、俊彦は前のめりになって美沙子に迫った。こうなると逃れようがない。けれども何も言えない。美沙子はただ黙って首を大きく振る。

「だったら、教えてよ。母さんたちの離婚の原因って……そんな、まさか！」

「おいおい、俊彦。スーパーのマルナカまで遠いのに、えらく早かったな……ん？」

正則の焦る目が俊彦の手元を見つめた。袋に見え隠れするのは、から揚げくん？

《しまった！　行ったのは、すぐそこのコンビニだったのか……》

「と、俊彦、お前、本屋にも立ち寄るとか言ってなかったか？」

「マルナカは改装中で、本屋も休みだったよ」

俊彦はどこを見るともなく、淡々と無表情で答えた。

「改装？　ああ、何てことだ。こんなことってあるのかっ……」

正則はこめかみを強く指先で押さえた。すぐにシャツの裾を引っ張り、目を伏せる。

「……俊彦、いつからそこにいたの？　まさか全部、聞いていたの？」

美沙子は涙と鼻水で顔を濡らし、息も絶え絶えだ。そして肩を落としてうなだれる。俊彦にとってはそれが答えだった。唐突なタイミングは、羞恥と驚き、戸惑いが連なり、過去の苦悩と結びつく。それぞれの頭の中に、岩を打つ怒涛の音が聞こえる。美沙子にだけはわかってほしかった。どうすればいい？　困惑が渦巻く部屋では、時計の音さえも消えた。苦い緊張感と、重たい時間が、三人の体中にまとわりつく。身動きがかなわない空間に、閉じ込められた気分だ。

「俺は、もう……！」

俊彦が耐えがたい声を喉の奥から絞り出す。そして、この上ない哀怨の瞳を美沙子たちに向けると突然、きつく歪めた顔——次の瞬間、苛立ちと怒りが爆発し、手にあるものを乱暴に床へ叩きつけた。袋の破裂と衝撃音は、ずっと体の奥底に溜め置いた自分への嫌悪と哀れみだ。俊彦は素早く踵を返し、部屋を飛び出していく。

「待って！　俊彦、どこへ行くのっ！」

美沙子たちは追いかけた。扉が開けっぱなしの床には、から揚げや踏まれた果物が散らばり、方々に転がってゆく。

「俊彦、お願いだから戻って！」

「おい、待つんだ！　どこへ行くつもりだ、俊彦！」

美沙子と正則は不測の事態に気が動転するばかりだ。

俊彦の背中はとりすがる二人の声を振り切り、その場から逃れたい一心だった。これまでの記憶も、何もかもが遠のく。もう何も聞こえない。

素早くポーチから車のキーを取り出し、自分の車に乗り込んだ。

タイヤが激しい音をたて走り去ってゆく。砂ぼこりが薄く揺らぎ立つ。美沙子の赤い車だけが残された。その場に裸足で立ち尽くす美沙子の喪失感は計り知れない。夫がゲイのパートナーと共に去った日の、苦い思いが襲いかかってくる。あの日から子育ては、母として、人としての喜びの源であり、生きる希望だった。耳に車の音が消え入る頃、庭の錦鯉が音をたてて跳ね上がった。冷ややかな水音と共によろめく美沙子の体は、正則に支えられ、力なく重い足取りで応接室のソファーに辿り着く。

さっきの衝撃が嘘みたいな静けさだ。

様々な激情が放たれた部屋の中に、時計の音だけが響いている。二人はふと喉の渇きに気づく。どちらも黙ったまま、ミネラルウォーターのペットボトルに手を伸ばし掴んだ。まだまだ息をつけない心境の中、

「俊彦の奴、こんなことになって大丈夫か、変なことを考えなければ良いがな」

「兄さん、こんな時にそんな話はやめてちょうだい！」

「ああ、そうだった、そうだな。すまない……」

両手で顔を覆う美沙子は、運命に抗いたかった。つい子を思う母の思いが、正則の言葉を強く打ち消した。それほど忌まわしく、遠い記憶のはずだった。だとしても、

「兄さん、私、今わかったわ。私は父さんと同じだったのよ！」

「それは違うだろ、お前はしっかり子供たちの面倒を見ていたじゃないか」

「そうじゃない、今、わかったの。私も、自分が持つ常識こそが全てだと思い込んでいる」

「親なら誰だって同じだ、俺は親になった経験はないけど……ああ、困った」

「とにかく、落ち着いてあの子の話を聞くわ。今は、無事に帰ってくることを願うしかない」

美沙子は抑揚のない無機質な声で言った。こんな事態に直面した時、冷静な脳がいやおうなしに過去を回顧してしまう。また強いショックは五感を失いかけるみたいだ。踏みつけられた葡萄が、芳醇な香りを放っていることにようやく気づく。残酷にえぐられた心に、深く甘美な香りが寄り添い、染み込んできそうだ。紫の微粒子がそれぞれの気持ちを繋ぎ、直したがっている。人が希求する平穏や潤いを、無数の粒が熟知し、香りは目に見えぬ役割を担い、何もかも甘く染めるように、痛々しい裂け目や溝を埋めてゆく。

失踪と焦燥

「融資課の田中は休暇中でございます」

銀行の受付嬢の返事はそっけない。

こうなったらゲイでも何でもいいから、無事に生きていてくれればいい。

美沙子はその一念だった、その心情にも拘わらず、どこからも何の音沙汰もなかった。

空しい日々がただ過ぎ去ってゆく。いつも通りヨガの仕事を終えスタジオを出ると、外は寒い。夕闇に吹く冷たい風が、美術館通りを歩く人々を言葉少なにしていた。

「ただいま」

誰もいない部屋に美沙子は声をかけた。階下のポストから取り出した郵便物をバサッとテーブルに置く。バッグをラックに掛け、干してある洗濯物を取りにテラスへ出た。

外はもう真っ暗だ。高松の夜景が輝いている。

駅前のサンポート広場にある樹木は、すでに落葉していた。美沙子が唇を片手で覆って階下の通りを眺めると、街灯が照らす帰路を歩くサラリーマンたちが見える。皆、薄手のコートを着込んでいた。俊彦は着替えを持って出ていない。食事やベッド、体調は大丈夫なのか。美沙子は冷たくなった洗濯物を胸に抱えてしみじみと案じた。

日中はヨガ指導に励むお陰で、辛い気持ちも多少は薄れる。俊彦の無事を祈る不安に満ちた体で、自分でも浅はかとも思えるくらいの元気を装う。美沙子は普段以上に仕事をこなしたが、内心は、もの哀しさの深淵へと臨む。時間が経つほどに、不安が体の内側に入り込んでくる。どこまでも執拗にまとわりつく。美沙子は高松の夜景を背にして部屋の中へ戻った。

夕食を簡単に済ませて仕事部屋に入ってゆく。

「さてと、やるべきことを頑張るしかない」

トレーナーの袖をまくり上げ、事務作業に取り掛かった。

少し前から新しい仕事の取り組みを試みている。このところ教室での不妊治療や産後の体形回復に関するヨガのニーズが高い。すでに妊娠中のマタニティヨガについては指導を始めている。美沙子はヨガを不妊治療にも役立てることを考え、スタジオと提携できる産婦人科医を国内で探していた。パソコンを開いて受信メールを確認する。

「メールの返事が来た！　東京レディースクリニックの女医さんね」

仕事の内容と契約は快諾、すぐに進めたいとの返事だ。偶然とは突然降ってくる。

相手の女医は、高松高校を卒業した正則の同級生だ。美沙子はホッとする。華岡家が高い信用度を保っているお陰で、遠方でも話を通しやすい。

社会問題化する不妊対策の一端をこれで担える――そう思って急ぎ内容をプリントアウトした。じっくり目を通していると、緊張するせいか喉が渇く。ひとまずキッチンで水を飲み、興奮する仕事の脳を落ち着かせた。再び仕事部屋に戻ってパソコンを凝視。レッスン生用の重要なデータを開く。健康管理の個人カルテを凝視。不妊治療の希望者を確認した。

手際よく照合し、クリニックへ提出する必要な書類をプリントアウトする。

人の役に立つことは幸せだ。

かなりの時間、集中していると、手元のスマホが鳴った。

《何？　誰？　あ！　もしかして俊彦？》

思わず緊張が走る。美沙子は手をとめずに目だけで画面を追った。ああ、違う……。普段と異なり大きく落胆する。ラインは神戸の女子高で働く長男の和也からだった。俊彦のことは知らせている。何かわかったのかもしれない。

急いで内容を開くと、美沙子は琴の弦が切れたみたいに椅子から勢いよく立ち上がった。そのラインには、

【俊彦がさっき、うちに来た。母さんは何も心配しなくていいよ】

そうだったの！　無事だと知り、美沙子はとりあえず胸をなでおろした。続けて、

【今から華岡の伯父さんにも知らせておくから、また連絡する。じゃ！】

和也は急いでいる感じでラインを終わらせた。

じゃ……って、それだけ？　けれど無理ない。正則も美沙子と同じくらいに心配している。俊彦を養子に欲しがるくらいだ。甥としてすぐに知らせるのが常識だ。美沙子はそんな正則の気持ちをおもんぱかる。ようやく仕事部屋の椅子に腰を戻した。けれど、やっぱり俊彦の声を聴きたい。逸《はや》る気持ちでスマホを両手で握り……いやダメだ。何故なら、つい昨日、正則が部屋にやって来て厳しい忠告を受けていたのだ。

「いいか、どこから連絡が入ってきても、本人が直接お前と話そうとしない限りそっとしておくんだぞ。あんなことがあった後だ。母親として何も言わない方がいい」

昔から美沙子は冷静な感覚を持つ。辛抱を重ねる育ちに不自由さが付きまとうとはいえ、年長者が言うことには素直に従う。おそらく結婚を除けば、これで良かったと思える部分が多いからだ。大人になっても抗うことなく、こみ上げる感情を染み込んだ理性が抑え込んだ。渇きに近く、なかなかに過酷だ。しばらくしてから、

【俊彦をよろしくお願いね】

親として和也へ簡潔なラインを送った。送ったメッセージに、間髪入れず既読が付く。安心はしたものの、少しだけ複雑な気分になってしまう。
俊彦は深刻な悩みを、母親ではなく伯父の正則に打ち明けた。そして今度は、兄の和也を頼りにしている。それってどうなの？　美沙子は片親として頑張ってきた積み重ねを自負していた。しかし、心の片隅に、何やら嫌な疎外感が射し込みつつある。
そこへ、

「今しがた、和也から電話で聞いたぞ。俊彦が無事でよかったな！」

正則が安堵に溢れる声で電話をかけてきた。わずかに語尾を震わせている。

「うん、私もホッとした。だけど兄さん、ちょっと思うことがあるの、聞いてくれる？」

美沙子は母として正直に、正則に今の心情を話してみた。しかし、ところどころ気持ちが高ぶってしまった。

「おいおい、そんなこと当たり前だろ。息子といえども成人した男だぞ」

「それは……そうだけど」

「いくらなんでも、自分がゲイだなんて意気込んで母親に打ち明けるわけないだろ。お前もいい歳をして、そんなひねくれたようなことを言うなよ」

美沙子は少しムッとした。男の身内って、本当にデリカシーがない。

「それに和也だって、真っ先に俊彦の居場所をお前に知らせてきたじゃないかっ」

子供の頃から正則には世話になりっぱなしの美沙子は、何を言われても頭が上がらない。兄妹の絆が消える日は来ないだろう。見えなくともわかる、正則は電話の向こうで、伯父として甥の無事を手放しで喜んでいるだけだ。そのはずだったのに、

「男というのは、母親を神格化するところがあるんだ」

「え、そういうものなの？」

「ましてや、お前みたいな母親、俊彦は何から切り出していいか……本当に困ったはずだ。考えるだけでも、俺は、俺はな、伯父としてあの子が可哀そうでならない」

正則はまたもや涙声で訴え始めた。これだと本当の父親以上だ。

「わかったから……。確かに俊彦は苦しんだと思う。だけど、私が言いたいことは違うの」

「とにかく息子は、母親に対して弱い。娘なんかよりも、ずっと繊細なんだ」

《あら、だったら私は繊細じゃなかったというの？》

正則は社会的地位が高い。その視点は『男性の性《さが》』を強く擁護し、一方的に優先するばかりだ。こんな調子であれば、世の社会事情の在り方も仕方ない。

数年前のことだ。高松の老舗大手企業におけるセクハラ事件が、全国区のニュースで報道された。地元では信用度が高く、この上ない清廉なイメージを誇る会社だけに、地方都市には衝撃が走った。それは、華々しいミス歴を持つ容姿端麗な女性社員を、上司が無理やり接待に同席させた上、ホステスまがいの仕事を強要したというものだった。きっと不名誉な伝説になるのだろう。

無神経かつ古典的なパワハラを含む破廉恥な行為は、耳を塞ぎたくなる。娘を持つ世の父親が聞けば甚だ不快だ。低俗な興味を駆り立てる取引先の要求を、なんと企業

料金受取人払郵便

新宿局承認

2524

差出有効期間
2025年3月
31日まで
（切手不要）

郵便はがき

160-8791

141

東京都新宿区新宿1－10－1

(株)文芸社

愛読者カード係 行

お名前《ふりがな》		明治 大正 昭和 平成	年生 歳
ご住所《ふりがな》	□□□-□□□□		性別 男・女
お電話番号	（書籍ご注文の際に必要です）	ご職業	
E-mail			
ご購読雑誌（複数可）		ご購読新聞	新

最近読んでおもしろかった本や今後、とりあげてほしいテーマをお教えください。

ご自分の研究成果や経験、お考え等を出版してみたいというお気持ちはありますか。

ある　ない　内容・テーマ（

現在完成した作品をお持ちですか。

ある　ない　ジャンル・原稿量（

書　名				
お買上 書　店	都道 府県	市区 郡	書店名	書店
			ご購入日	年　　月　　日

本書をどこでお知りになりましたか?

1.書店店頭　2.知人にすすめられて　3.インターネット(サイト名　　　　　　)

4.DMハガキ　5.広告、記事を見て(新聞、雑誌名　　　　　　)

上の質問に関連して、ご購入の決め手となったのは?

1.タイトル　2.著者　3.内容　4.カバーデザイン　5.帯

その他ご自由にお書きください。

(　　　　　　)

本書についてのご意見、ご感想をお聞かせください。

①内容について

)カバー、タイトル、帯について

弊社Webサイトからもご意見、ご感想をお寄せいただけます。

協力ありがとうございました。

お寄せいただいたご意見、ご感想は新聞広告等で匿名にて使わせていただくことがあります。

お客様の個人情報は、小社からの連絡のみに使用します。社外に提供することは一切ありません。

書籍のご注文は、お近くの書店または、ブックサービス(☎0120-29-9625)、セブンネットショッピング(http://7net.omni7.jp/)にお申し込み下さい。

が積極的にサポートしているわけだ。もしや採用時にそうした役割の審査チェック項目があるのではないか？——あくまで邪推に過ぎなくとも、そこまで考えてしまう。何より事件発覚前後の被害を受けた女性の忍耐を鑑《かんが》みれば、本当に怖い。

「とにかく俊彦は無事だったわけだし、それでいいじゃないか。お前も喜ぶだけにしておけ。家に戻ってきて顔を合わせても、決して責めたりするなよ、いいな！」

「あの、兄さん、私は責めないわよ。だからそうじゃなくて……」

「深刻になるな。適当に気分を切り替えないと老けるぞ。せっかくの美貌が台無しだ」

そう言って高らかに笑っている。何とも言えない鈍感さ。遺伝とは恐ろしい。どこか亡父と似てきている。こんな時、聞いている側は、話を変えるか寡黙を貫くかに限る。男は頭が良くて機転が利くタイプが好まれる。会話を惜しまない相手の方がいい。それだけで女は、『いたわり』を感じるというものだ。ところが反して正則は、悶々とする美沙子の気分に付き合うのを面倒がり、さっさと切り上げたい雰囲気に満ちている。

《おまけに老けるだと？　外見などよけいなお世話だ！》

人は美醜に関係なく、誰でも歳は重ねてゆく。

身内女性に対して安心しきっている正則は、自分の下手な説法が逆効果となり、美沙子が抱く複雑な心情を加速させていることにすら気づかない。かくして、

「俊彦は必ず家に戻る。お前は安心して家で待っていろ。うん、何故なら男には帰巣本能というものがある。おっと、ゲ……そうだった、この場合はどうかな？　よくわからん、だが決して落ち込む必要はないぞ！」

《よけいに落ち込むわ。兄さんなんか嫌いよ！》

美沙子は何も言わずに突然、電話を切った。正則は電話の向こうでポカンとする。いきなり電話を切られた理由がわからない。すでに美沙子の方は打ち明けたことを後悔し、そんな自分にも無性に腹が立っている……とはいえ、それは所詮、不安な状況が薄れた余裕の表れであろう。その夜、遅くに再び正則からラインが入った。

【和也が週末に俊彦を連れて高松に戻るそうだ。普通に迎えてやってくれ】

可愛い猫柄のパジャマを着た美沙子の顔が、途端にほころぶ。

そのメッセージは、何となく怒らせた相手の機嫌を取っている雰囲気を醸し出している。けれど、もうそれはどうでもいい。美沙子の大きな目は明るく輝き、ダイニン

グに置かれた俊彦用の椅子を見つめた。化粧を落としても、その顔は充分美しい。
《やっと俊彦が戻ってくる！》
急に顔が歪んだ。安心して泣きそうになった。
【週末は俺もそっちへ行くつもりだ。留美もドイツで心配しているぞ】
美沙子はすぐに気を取り直して、
【ごめんなさい。義姉さんはドイツなの？　ボンかしら、だったら向こうは昼間ね】
返信する途中、正則が今の田中家の状況を留美に知らせたことに気づく。
別にそれはいいとして、
【ボンにはベートーベンが生まれた家がある。留美は帰国した時、詳しく話してくれるんだ。外国の風景とか歴史的な建築様式は、しょっちゅう仕事に役立つよ】

《え？　兄さんの仕事に役立っていたの。そんな、じゃ、義姉さんの海外旅行って……》

【大きな注文の依頼が来るのも、留美のお陰だ。海外建築以外にも、橋や造船、様々な知識や情報を持っていると、都会から移住してくるセレブの信頼を得やすくなるんだ】

ラインは途切れない。正則は珍しく仕事の話をしたり顔で打ってくる。テンポも速い。

「そうだったの、私は何も知らなかった。義姉さん、そうだったのね」

美沙子がぽつぽつと辿る感じで独り言を繰り返し呟く。ラインを終え、そっとスマホをテーブルの上に置く。ふと、嫁いできた頃の留美の華やかな笑顔が蘇る。

多くの海外旅行が単なる遊びではないことを、この夜に美沙子はようやく知り得た。身近な存在だと、かえって伝わらない何かがあることを知った。こうして何でもない会話の中で気づくものだ。

兄妹と兄弟

週末の午前中、ポロシャツ姿の正則を乗せた華岡家の車がマンションの前に停まった。

運転手が後部座席のドアを開ける。百貨店のたくさんの買い物袋を運転手と正則が一緒に両手でたぐり寄せた。しかし、何故かマンションのエレベーターが動いていない。

「これは大変だ」

正則たちは開かない扉の前で言った。両手にはたくさんの重い荷物を下げている。

美沙子の部屋のインターホンが鳴って、玄関ドアを開けると、

「高松三越の催事場で物産展をしている。お前たちが好きなものを色々と買ってきたぞ」

正則と運転手は、薄っすらと汗をかいている。階下から二人が運び上げた重そうな紙袋には何が入っているのやら……。

「ふう、やれやれ。荷物がある時の階段はきつい。お前の部屋が二階でよかったよ」

正則はそう言って、すぐさま革靴を脱ぐ。両手を床につき、這うようにリビングの

敷物の上に座り込んだ。運転手は買ってきた荷物の中身を美沙子に説明しながら渡す。

「おや、子供らはまだ着いていないのか？」

和也と俊彦は、山陽自動車道をまだ車で走っている頃だ。

「ええ、まだよ。それと週末は、エレベーターの点検がよくあるの。こんなに凄い荷物を持って上がるのは大変だったわね。ほんとにご苦労さまでした」

美沙子は気の毒そうに運転手の方を見た。白い手袋をはめた指を曲げ伸ばししている。

「では、これで私は失礼します」

高齢の運転手は、丁寧にお辞儀をして足早に帰ってゆく。休日なのに申し訳ない。

美沙子は全ての紙袋をダイニングテーブルに運び上げた。何度かに分けて往復する。

「ふう、ほんとにたくさんあるわね。嬉しいけど四人でこんなに食べきれるのかしら？」

美沙子はつい紙袋の端をつまんで少しだけ覗き見る。いい匂いがした。

「おい、まるで子供みたいだぞ」

そう言う正則は、靴下を脱ぎ散らかして胡坐をかき、笑っている。

玄関にはまだハナフルの黒い箱が残っている。フルーツケーキは美沙子の好物だ。

サラダにチョコレート、何故かそれらは凄い量だ。上質なステーキ肉が香ばしい匂いと共にパッケージの中に詰まっている。

「なんだか他にもお客さんが来るみたいに多いわね。凄い量だけど、どれも美味しそう！」

数日前、あれほど正則に腹を立てていたのに、今はすっかりご機嫌だ。

「……あ、いや、和也が多めに用意してほしいと言っていた。神戸からの帰省は久しぶりだからな。余った分は、持って帰らせるといい」

「そうね。それにしても、美味しそうなステーキ肉だわ。まだ温かいもの。きっと子供たちは喜ぶと思う。他の品も……さすがデパ地下、兄さんもナイスチョイスよ。ありがとう」

「うんうん、そうか？　三越なんて久しぶりに行った。昔はお前をよく屋上で遊ばせたな」

正則もご機嫌だ。甥たちのために内町の三越まで家の車を走らせたということになる。だけど何か不自然だ。

元々、正則は買い物など苦手のはず。それなのに、休日の運転手まで駆り出して運んで来るなんて……。ましてやこんなに手際よく、三越の開店する時間に合わせて、これほどの品を買い揃えて来ている。どう考えてもおかしい。

美沙子はフッと笑った。

間違いない。留美がこれらの品を買って田中家へ持っていくようにと正則にアドバイスしている。取り合わせも、手抜かりない段取りの良さからしてきっとそうだ。とりあえず、ご満悦の正則の顔を立てて知らん顔をしておくとしよう。

＊

数日前の夜、俊彦は神戸の山手で暮らす和也の元に身を寄せた。酷い格好でやって来た俊彦に風呂に入るよう和也が勧める。英語が専科の和也の部屋は、難しそうな洋書が本棚にたくさん並んでいた。そのマンションで、

「何だ、今までお前は、自分の親たちの離婚原因や、サンポートの方へ母さんが引っ越しを決めた理由を知らなかったのか？」

和也が端正な顔で驚く。コーヒーフィルターを手にして、長め丈のカーディガンを着てキッチンに立っている。別の部屋の机に向かっている俊彦に聞く。

「……うん」

俊彦は弱々しく部屋で頷く。着ている厚手のスウェットの上下は和也から借りたものだ。久しぶりの風呂から出て、すっきりした感じで籐製の丸椅子に腰かけている。すっかり頬がこけ、顎に無精ひげが生えていた。それでも銀行員の風貌や雰囲気をどことなく残している。

「仕方ない、だったら話すとするか。あの頃、俺たちの父さんは男を作って家を出た

んだ」

「ええ？　何だって！　それって男と駆け落ちしたってこと？」

「ああ、そういうことだ」

離れたところから立ち話みたいに説明することではないことくらいは、和也もわかっていた。でも、できるだけ思い出したくない、話したくもないせいだ。口にするのはこれっきりにしたい。

「そんな、そうか……だから……か。この間、あんなに母さんがうろたえたのも無理はない」

俊彦は納得したような話し方をする。あの日、何も知らずに、激しく美沙子に責め寄った。

「え、母さんが……？　どんな風だったんだ」

和也が心配そうな声を出した。高松は近いけれど遠い。母の健康状態は聞いておきたい。

「うん、普通じゃなかった。それなのに、俺……」

「わかるけど、お前は母さんに何も言わずに飛び出したわけだな」

「……うん」

和也と俊彦はしばらく何も言わない。約十年前、父親は消えた。何も言わず、いきなり倒れ込んだ美沙子の様子を思い出してしまう。その後も放心する美沙子に、誰も声をかけられなかった。

和也は淹れたての熱いコーヒーをポットに入れ、俊彦の前にマグカップをトンと置く。その中に黒く光る液体をたっぷりと注ぎ入れた。

「そういえば兄さんは何で……離婚の原因を知っていたの？」

「俺が知ったきっかけは、本当に偶然だ。父さんと一緒に行方をくらました男性は、俺が通っていた高校の教師なんだ」

「ええ？　それって偶然過ぎるんじゃ……」

「俺もまさかと思ったけど……あの頃、仲の良かった同級生がそれとなく話してくれたんだ」

和也が長年、隠し持つ憂いを打ち明けた。こんな時の顔も美沙子とよく似ている。

「学校に勤務している頃から、その先生はゲイだとわりと噂になっていたよ。けど、先生は、優しくて律儀だった。真面目で生徒の面倒見も良くて、保護者からの評判は上場だった」

和也がゆるぎない記憶を語る。

その慈悲深く優しい目は、美沙子と同じだ。俊彦に、父の相手の評判や、悪い人間じゃないことをゆっくりと話して聞かせる。

「それと、どうやら父さんは、母さんと結婚する前に、その先生と付き合っていたみたいなんだ」

「ええ?!」

「一旦、別れて、家庭を持った後で、また先生と偶然どこかで再会したんだろうな」

「そっか、父さんはその人と、心が通じ合っていたわけだ」

父は家族の元を去ったわけだが、何故か俊彦には腹立ちの感情はない。

二人はふと気づく。考えてみれば、伯父の正則と父は大学の先輩、後輩の間柄だ。正則も律儀だが、無論、ゲイではない。美沙子との結婚を断れないほど、父が正則の人柄に惹かれていた可能性はある。結婚後も義弟として正則と親戚付き合いできるわけだ。

故に、美沙子と結婚したのではないか。

ところが、華岡家の父の威圧感と期待は凄まじいものだった。それに応えるべく入り婿でもないのに、辛抱して二人の子供をもうけたわけだ。何よりゲイであることを隠したい気持ちもあったのだろう。

「あの時、お前は中学生で受験を控えていたし、言えなかった。俺は大学の合格が決まっていたから家を出たんだ」

「ああ、そうだったね。俺なんて、もう何が何だかわからなかったよ」

「父さんが家を出たのは突然だった。今となっては仕方ないさ」

引っ越しの作業や、そのあとも仕事を頑張る美沙子は健気だった――さらに二人は誇らしく思う。

「俺がゲイだと母さんが知った時、あの日、伯父さんがいてくれてよかった」

「そうだな、これからも伯父さんには感謝しないといけない。とにかくお前は気に病むな。あの華岡家で育った母さんは、ただのお嬢様じゃない」

和也はさらっと言った。今夜はじっくりと俊彦の話を聞くつもりだ。

「それにしても、華岡のじいさんがこの世にいなくてよかったよ」

「俊彦、よさないか」

「もし生きていたら、俺たちの母さんがどんなに責められていたかわからない」

「……ま、そこは間違いなく半狂乱だな。だとしても、それはお前のせいじゃないぞ」

「けど、母さんを酷く傷つけてしまった。それに子供の頃から可愛がってくれている伯父さんだって……。まぎれもなく原因は俺なんだ」

原因——そう言われると和也は何も言えずに視線を天井へ向けるしかなかった。

俊彦は渡されたマグカップに口をつけ、コーヒーをすする。

喉を熱いカフェインが通る。脳の筋膜にほどよい刺激と緩和をもたらす。緊張しっぱなしの首筋も少しだけ楽になった。俊彦は、ふと和也の部屋の中を見回した。子供の頃と変わりなく、さっぱりと片づいている。木製のチェストの上に写真が飾られていた。和也と長い髪の女性が仲良く一緒に写っている。恋人かな？　同僚っぽい？……服装は地味だけど、優しい感じの素直そうな人だ。

「どこの親だって、それでいいとは言わないさ。お前も不必要に落ち込むなよ。それより、長い間ゲイのこと、誰にも言えずに相当苦しんだはずだ」

和也は兄としてそんな風にしか言えない。そんな自分にじわじわと苛立つ。

何より、欺瞞もいいところだ。

時として人を思いやる言葉は、本心とは裏腹になる。

《俺は教師だ。多様性を認めなくてはいけない立場だぞ。母さんから連絡を受けて、頭ではわかっているつもりだ。けど参ったな。どうすればいい？　弟の俊彦もゲイだったなんて想像もしていなかった……》

美沙子から、俊彦も父と同じくゲイだと聞かされ、実のところ和也も驚き困っている。

肉親は難しい。

生徒であれば、難なく機転を利かせることができるはずだ。

この先、俊彦がゲイであることは変わらない。

そのことで何かを言ったり、どんな風に考えようと、解決などしない。

結婚を前提に付き合っている彼女に、自分にはゲイの弟がいる、と俺は堂々と言えるのか。それこそ気づかれてはだめだ。目の前で落ち込んでいる俊彦にも、本心など話せない。しかし、自分を頼りにして神戸まで来ている。何か言わなくてはいけない。

「俊彦、いいか、昔から女子高生にも結構、多い悩みだ。そこかしこでレズビアンらしき話は、俺たち教師の耳にも入ってくるぞ」

「へえ、知らなかった。そうなんだ……。で、そういう人の周囲の反応ってどうなの?」

「特別ないじめとかはない。エスカレーター式の名門学園に通っているせいで、皆、子供の頃から慣れているんだ。過去にそのことで不登校になった生徒はいないと聞いている」

「そっか、やっぱり高松みたいな小さな地方都市とは違うんだね」

俊彦の気分が沈んでゆく。そしてゆっくりと立ち上がった。

「いいな、神戸の街は大きくて夜景が格別に綺麗だね」

俊彦は窓の外をまじまじと眺めてしんみりと言う。その背中は哀しいと語っている。

「おおっと、ふう、たしかに高松は狭い街だ。そうだな、なにかと大変だ」

和也はまごつく。自分の方こそ大変だ。考えなしにしゃべってはいけない。発する言葉はもっと慎重に検閲を設けなくてはいけない。これは仕事と違う。辛い気持ちをわかっているのに、俊彦の苦悩を高めてしまった。しばし気まずい沈黙が続く。

これではダメだ、どうすればいい。和也はじれったい思いだ。美沙子たちに頼まれているというのに、何とかしなくては……。

「とにかく……俊彦、お前が話してくれたパートナーとは上手くいってるみたいだし、そんなに気にするな」

和也は内心、自分に苛つき始めている。おそらく俊彦も、兄が心の底ではゲイを否定していることを見破っているはずだ。そんな自分が何を言ってもダメかもしれない。誰か教えてくれ！　和也は考えあぐねいた末、たまりかねて、

「そうだ、思い出したことがある。俊彦は知っているか？　日本が明治維新を迎える前後は、世間には男色がとても多かったそうだ」

何を思ってか、あまりに無謀だった。和也は焦るあまり、歴史的な性事情を持ち出して俊彦を安心させようと試みた。雪崩が起きそうな気配だ。せっかく兄弟で話して

いるのに、稚拙な構築を試みてしまう。

「だから俺が思うにはだな、当時の学校制度に男女共学を取り入れたのも、貴族院議員らによる苦肉の策だったのではないかと思っているくらいだ」

和也はやたらと早口になってしまう。平静さを失い、うろたえている。カップに残るコーヒーを努めてゆっくりと飲み干した。自分の発言に不安を覚えなくもない。雪崩は避けたい。カップを置く時、小さな音さえもたてないよう意識する。つくづく和也は自分を無力だと感じていた。

「ふうん、それで、苦肉の策って？」

「……当時、明治の新政府は、国民の子孫繁栄を危惧していたようだ」

「子孫？」

《しまった、俺はこの状況で何を言っているんだ。無力どころか、それ以下だ！》

「そのことは何も心配ないよ。先々兄さんに子供ができればいいんじゃない？　そしたら母さんは、孫を抱けますからね。きっと赤ちゃんは、兄さんや母さんとそっくりなイケメンか美人の神戸っ子に育ちますから、ご心配なく。俺に子供ができなくても大丈夫です」

わざと皮肉っぽく、俊彦は敬語で答えた。絶句する和也の前で、俊彦は大きなあくびをした。静かな雪崩が起きた。久しぶりに人と話をして緊張がゆるんだせいか、指で軽く目をこすって、けだるそうに和也の後ろにある時計を覗き込んだ。

「今夜はもう遅い。俺、そろそろ寝るわ。ありがとう、兄さんが淹れてくれたコーヒーは旨かったよ」

「お、おう、いかりスーパーのを買えばハズレがない。高松から運転してきて疲れたよな。遅くなったし、向こうで休むといい」

「兄さん、おやすみ」

その夜は、話の体を成さなかった。和也は自分が引き起こした雪崩に埋まる気分だった。両肩にどっさりと重い雪が積もっている。俊彦はそのままの格好でリビングの長ソファーの上で横になった。疲れているせいか、すぐに寝息を立て深い眠りに落ちてしまう。家を飛び出しても俊彦は意外に強い。共に暮らしたいと考えるパートナーとの絆がそうさせているのかもしれない。自己憐憫に浸るよりも先を案じている。和也の気持ちをもおもんぱかる感じだ。それはそうと、俊彦が一緒に暮らしたいという人物はどんな男性なのか。

亡父の呪縛

癌末期となった華岡家の父は凄絶だった。たくさんのチューブと同化し、くっきりと全身に骨が浮き出た姿で呻き叫び、その声が居合わす医師や看護師らも震え上がらせた。最期を迎えるその直前まで、昭和の経営者であり続けた。日本が貧しかった時代の根底に流れていた血や、その独特な気配が生き抜いてきた騒乱を周囲に感じさせた。息を引き取ってからも、特別室にはその凄みの余韻がそこかしこに残留していた。瞳孔にライトを当てる若い医師の手が、ガタガタと震えた。落ち着いた色調の特別室に、華岡家に君臨し続けた父は、まだ『生』への執念をこもらせているようだった。

幼い頃の和也と俊彦は、華岡の父の顔を見ただけで泣き出すことがあった。

あれはいつだったか、寒い日、父に呼ばれた美沙子が子供たちを近所だった実家へ連れて行った。そこで和也と俊彦は、正則夫婦の車がないと見るや、

「いやだ、僕は絶対に家には入らない、入るもんか！」

「僕も、留美おばちゃんたちが帰ってくるまで、お兄ちゃんと一緒にここで待ってる！」

幼い二人が手をしっかりと繋ぎ合ってそう言う。何の団結力かと思うくらいだ。頑として入り口の大きな門かぶりの松の下を動かない。

「さあ、お二人とも、どうぞ。中でおじい様がお待ちです」

年配の白い割烹着姿の家政婦が子供たちを呼びに外へ出てきた。美沙子も一生懸命に二人を促す。それでも言うことを聞かない。吹きすさぶ雪が、門に立っている四人の体から熱を奪い、冷気がまとわりついた。家政婦はなお、諦めるわけにいかず、

「こんなに雪も降ってきました。寒いですし、お二人とも、お母様とご一緒にお屋敷の中へ早く入ってください。おじい様が楽しみにしておられますよ」

その話を持ち出すのが良くない。聞けば、よけいに子供たちは頑なになる。

子供たちは、家政婦が何度も差し出す手をかわるがわるバチンと乱暴に音をたてて振り払う。

美沙子はその振る舞いを放っておけない。思い余って、

「何をやっているの！」

つい、大声で叫んだ。子供たちは滅多に聞かない美沙子の怒声にビクッとする。

「あなたたちが家に入らないと、こうして華岡家で働いている人を困らせるのよ！」

どんなにきつく言い聞かせても無駄だった。気の毒に……忠誠心厚い家政婦は薄着のまま、正則たち若夫婦の帰りを外で一緒に待つことになる。

こんな時、暖かい部屋でくつろぐ父は何を思っていたのだろう。

コートの肩に白い雪がうっすらと積もる。手がかじかむせいで、子供たちは喋らなくなった。革の手袋の中で指の感覚がなくなるほど寒い。

剪定が行き届いた松の木たちは丸っこく、真っ白になっている。

なんて冷たいのか。

四人の白い吐息は、それぞれの顔を覆うようにして巻き上がった。

父は、厳しい戦中の帝国教育を受けている。生まれてすぐに、旧家の習わしに従って乳母の手に渡された。そして時代は一変し、和也と俊彦はサラリーマン家庭で生まれ育っている。

悔しいけれど父は正しい。

和也と俊彦に、華岡一族が持つ優れた経済感覚はない。

元々、美沙子の願いは『普通』だった。思う相手と結婚をして、慎ましく生きてくれればそれでよかった。男性は野外で襲われる危険さえなければ問題はない。

俊彦は行方をくらました時、和也を頼るまで車中泊をしていたという。それはいい。

気になるのは父の強烈な遺言のせいで、所持しているクレジットカードを使わなかったことだ。まるで父が遺族を遠隔操作しているみたいで怖い。

パートナー

その週末の早朝、

「じゃ、俺は先に高松へ向かうよ。勇気を出して兄さんが考えてくれた通りにするよ」

「ああ、そうだな、高速道路は急がずに気をつけて運転しろよ」

先に俊彦が自分の車に乗って高松へ出発した。部屋から送り出した和也は青いストライプのシャツに着替え、俊彦よりもかなり遅れて車でマンションを後にした。

休日の朝は高速道路が平日よりも比較的、空いている。

車内にはＤＡ ＰＵＭＰの音楽、『Ｕ・Ｓ・Ａ』が大音量で流れていた。

秋は空気の透明度が高い。

爽やかに波打つうららかな海もいい。車を山陽自動車道へと走らせる。

過ぎ行く晩秋の山々はとりわけ悲しい。

順調にトンネルを抜けると、頭上を青い空が越えていく。

淡路島を南下し、空中に鳥が飛ぶ鳴門海峡に差し掛かった。この季節、激しい潮流で巻かれるいくつもの渦が出現する。もの凄い迫力だ。海面を勇壮に砥ぎ、渦が白いしぶきを切り立たせている。何やら不気味にも思えるその光景は、華岡家の憂いと重なり合う。この数日間、和也は眠れなかった。ベッドの中で必死に祈りを捧げ、たまに眠りにつくと、夜の最深部に体が迷い込んだ。流れる宇宙の時間が神経を揺さぶるほどだった。

『古事記』に書かれている神々の時代、天沼矛《あめのぬぼこ》という矛で海水をかき回してこの国が生まれたという。永遠や力を象徴するという渦、すなわち水は命の源だ。人智を超えるその大渦の勢いは、一気に何もかも呑み込んで浄化しそうな気配だ。大鳴門橋を車で渡る和也は、大きな呼吸をした。そして思う。人は自分の幸せだけを考えてはいけない。それは結局、自分をも不幸にしてしまう。まずはこれから起きんとする全ての動乱を、いっそ神の手にゆだねたい。それらを黒い海底の奥深く見えないところへ連れていって、沈め込んでほしい。

＊

「ただいま。母さん、今、帰ったよ。正則伯父さんもいるの？」

和也は疲れを隠して平静を装う。車はコインパーキングへ入れてきた。大丸の紙袋を手に提げたまま、冴えない顔で玄関の棚の上に車のキーを置く。深い考え事をする顔は動きもぎこちない。和也が後ろ手に玄関ドアを閉めた後、リビングへ続く薄明るい引き戸が素早く開いた。

「おかえりなさい！　和也、待っていたのよ」

美沙子はシンプルなボルドーのワンピースを着こなしている。生地感はしなやかだ。こっくりした深みのある色合いが白い肌を際立たせていた。

「はい、これ母さんの好きなボックサンの焼き菓子だ」

神戸の土産を手渡す時、和也の頬を美沙子の匂いがほのかにかすめた。優しくて懐かしい、少しだけ気分が落ち着く。

「母さん、俊彦はまだかな？　あいつの方がずいぶん早く神戸を出たのに……」

「そうなの？　ええ、俊彦はまだよ」

「そうなんだ。あれから……まだ着いてないのか……」

和也の目つきがそわそわした。あえて玄関のたたきに俊彦の靴がないことを確認する。

「俊彦は？　あなたと一緒じゃなかったの？　どこかのサービスエリアにでも寄って

いるのかしら」

「あ、そうかもな。俊彦は安全運転するように言ってあるから心配はしなくていいよ」

「おい和也、なんだ？　お前が俊彦を連れて、一緒に帰ってくるんじゃなかったのか？」

正則が低い声でそう言いながらのっそりと出てきた。少し不満そうな顔だ。けれどすぐに、

「和也のお陰で何かと助かったぞ。久しぶりにお前の顔も見ることができて安心した」

「ふふ、兄さんにとって俊彦は可愛くて、和也の方は自慢の甥ですものね」

正則と美沙子が和やかな雰囲気で語り合う。その横で和也は苦笑いをして暗い顔で俯いた。それからしばらくの間、三人で和気あいあいと仕事や和也の交際相手の話をした。

「名門学園の仕事は順調だし、それに彼女は同僚か。やったな！　それは喜ばしいことだ」

正則は素直に両手をあげて、心底喜ぶ。そこでハッとした。正則と和也は、おそるおそる美沙子の方をゆっくりと見る。

「和也には良い女性が見つかって本当に……よかったわ」

やっぱり！　美沙子は嬉しい気持ちを伝えるものの、その声はといえば沈みかけている。

正則と和也は気まずい様子で互いの目を合わせた。さらに、

「兄さんは、自慢の和也に良い女性が見つかってよかったわね。華岡家のご先祖様たちもさぞお喜びになっています。ほんとに、つくづく、よかった」

美沙子は二人の前で深く切々と哀しそうな声を出した。なんということだ。身内同士だというのに、普通のこと、それも慶事に向かう内容を安易に話せなくなってしまう。誰が悪いわけでもない。華岡家の直系家族がこんな哀しい状態になっているとは、世間は到底、想像できないだろう。

「えっと、俊彦は遅いな。和也、寄り道しているとしてもだ。ちょっと遅いぞ」

「うん、そうだね。本当に遅いな」

正則と和也が気もそぞろに話していると、部屋のインターホンが鳴った。

「俊彦かしら、やっと帰ってきた。だけど変ね、合い鍵は持っているのに、わざわざインターホンを鳴らすなんて、それに……あら？」

部屋で美沙子が壁の設置モニターを覗く。俊彦は誰かと一緒みたいだ。

「うああ！　いいから母さんはここにいてっ、俺が俊彦を迎えに出る！」

「和也、何なの？　ビックリするじゃない。そんなに大きな声出して、あらら、ちょっと、そんなに慌ててどうしたの？」

「いや、あ、慌ててはいないし、お、お、落ち着いているから、全然、大丈夫」

和也は顔の前で両掌を見せて、話すテンポもおかしい。顔色が悪く、足はもつれかかっている。美沙子は普段、冷静な和也が転びそうになるのを見て少し笑った。正則もどうしたのかという顔で、そのありさまを眺めている。

玄関の重たい扉が和也の手で開けられた。息が止まりそうだ。

「俊彦、あ……そちらが？　こ、この度はどうも、とにかく早く中に入って」

和也は、俊彦とその後ろに立つ男性を玄関の中へと急かした。焦って余裕がないせいで初対面の相手に丁寧な挨拶ができなくなっている。顔もまともに合わせていない。

「兄さん、様子が変だけど、どうしたの？」

俊彦が連れの男性を連れて中へと一緒に入った。

「あのな、俊彦、聞いてくれ。実は……」

「和也！　どうしたの、お客さんが一緒なの？　早くこっちへご案内しなさい」

キッチンに立つ美沙子が明るい声で玄関へ呼びかける。そしてにこやかな顔で食器棚からいくつかのグラスを取り出し、声を出して数をかぞえ始めた。その頃玄関では……。

「ええ！　母さんに話していないって？」

「そうなんだ、こんなことで申し訳ない」

「そんな、困るよ。だって、これは兄さんが言い出したことなのに……」

俊彦は靴を脱ぐのも忘れて玄関で立ち尽くす。思わず困った顔で、すぐ後ろに立つ男性を振り向いた。すると和也と違って、男性は冷静だ。泰然として顔色も変えない。

「和也たちは何をしている？　なんですぐに入ってこない」

早く俊彦の顔を見たい正則は、少しイラっとし始めていた。そんな中、

「二人には……本当にすまない。俺にはどうしても言い出せなかった」

申し訳ないと頭を下げる和也を、俊彦は責めることはできない。和也は必死に両手を合わせている。その傍で男性の方が覚悟を決めようといった顔を俊彦に見せた。

なかなか部屋に入ってこないその様子に正則は、もしや……と考え、目元をぴくつかせる。

「ちょっと？　俊彦、何しているの？　伯父さんが運んできてくれたお料理は美味しそうよ！　早くみんなで食べましょう」

こういう時の美沙子は、いわゆる『お嬢の天然』かと思うほどだ。事態に疑いを持たない。まったく見ている方が不思議なくらいだ。よく今まで仕事の上でも何の詐欺に遭わずやって来られたものだ。

正則が黙ってソファーから立ち上がった。表情を変えず引き戸をやや乱暴に開けて、

「お前たち、大人を待たせてどうする！　そこの君もさっさと入りなさい」

「はい、では、遠慮なく失礼します」

男性は素直に従う。

「……え？」

俊彦は正則の声に尻込みしてうろたえる。

「あの、ちょっと、伯父さん……」

和也は、思うようにならずいたたまれない。正則はいぶかしい目つきで男性を見ている。優れた容貌だ。歳は和也よりも上、三十歳くらいか。モデル並みの長身と日本人離れした顔立ちをしている。初対面だけのせいではない緊張感を漂わせていた。

「あら、いらっしゃい」

美沙子は驚く。久しぶりに見る眉目秀麗な男性だ。子供の頃、舞台で一緒に踊った外国人のバレエダンサーを思い出させる。映画のスクリーンに出てきてもおかしくない、そんな面差しと佇まいだ。細い巻き毛が全体の雰囲気を優しく繊細に感じさせた。

「息子がいつもお世話になっています。県外からいらしたの？」

どう見ても高松生まれには見えない。遺伝子の産地は異なるに違いない。

「はい、東京の大学病院で歯科医をしています」

「まあ、歯医者さん？　そうでしたか」

「あの、田中さん、私は……」

「きっと毎日、お忙しいわね。後でゆっくりお話がしたいわ」

美沙子はまるで気が付かない。それどころか、かいがいしく人数分のビールの用意をし始めた。笑顔がこぼれそうな感じだ。

《俊彦が無事に戻ってきた！》

誰もいなければ、すぐに抱きしめている。

「あのさ、母さん……あ、心配させてごめん。あの、それでなんだけど……」

俊彦が顔をこわばらせて、美沙子の後ろからおずおずと話しかけてくる。

「もういいのよ、元気に帰ってきたんだし。ん、私は嬉しいわ」

涙を見せないように頑張っている。美沙子がひたすら忙しく手を動かす中、男たち四人は、どうしてよいかわからない。若い三人が正則の方を見る。状況に応じて仕方なく、

「とりあえず……みんな、座りなさい」

正則は難しい顔で促した。大きな体に怒りが滲み出ている。

ところ狭しと豪華な料理が並ぶダイニングテーブルの椅子に、全員が腰を下ろした。最近になって美沙子は、仕事で集まる人たちとの話し合いをダイニングで行い始

めた。そのため急に人が増えてもさしつかえないようにと、予備のスタッキングスツールを何脚か準備してある。

「じゃ、乾杯ね！」

美沙子以外はビールに口をつけない。誰も何の反応もしない。

「ああ、美味しい！」

普段は滅多にアルコールを飲まない。そんな美沙子が俊彦の帰りを晴れ晴れとした気分で喜んでいる。けれど皆、ひたすら無言でじっとしたままだ。何も言わない。

「ちょっと、みんな暗いわね。何かあったの？　せっかく俊彦が、こんなに素敵なお友達を連れて帰ってきているのよ」

美沙子が何気なく声のトーンを下げて聞いた。ややじれったい感じだ。

「あの、か、母さん、そう……そうじゃないんだ」

和也が言葉を詰まらせ、俯き加減に話しかける。

「そうじゃないって、何、どういうこと？」

「美沙子、落ち着いて話を聞くんだ。ところで君はどうやって俊彦と知り合った？」

「はい、私は速水《はやみ》と申します。俊彦くんとは歯科医大の診察室で出会いました」

「俺が東京支店の出張に行った時、夜、急に歯が痛くなって、治療が必要になったんだ」

俊彦が隣で優しく、速水をかばいがちに説明まで添えた。斜に構える正則は呆れ顔だ。

「ああ、俊彦は虫歯があったものね。あの時、私が言ったのに治しておかないから……。それで速水先生が夜間の治療をしてくださったのね。本当にありがとうございました」

「田中さん、私は俊彦くんのパートナーとしてお付き合いをさせて頂いております」

速水は極めて穏やかな口調だ。けれど真剣な目を美沙子に向けている。

「え、パートナーって何の？」

美沙子はとぼけた感じの声で聞き直した。室内には神妙な空気が蔓延している。

「これから先の人生を、俊彦君と共にしていきたいと思ってご挨拶に上がりました」

速水の言葉に、部屋の中が静まり返る。目を伏せた正則と和也の上半身は直立したまま動かない。美沙子は、さっき飲んだビールの味が消えた。まったく気づかなかったわけではない、友人にしては歳が離れている。ほんのわずかの間、俊彦が帰ってきたことの喜びの方が上回っただけだ。沈黙の中、速水が着ている、新宿伊勢丹で買ったと思われる上質なヘリンボーン柄のジャケットが際立つ。

「高松と東京は遠距離だ。どうやって俊彦と親密になる関わりを持っていたんだ？」

「はい、普段は電話やラインで連絡を取り合って、なるべくお互いの休日を合わせて飛行機で行ったり来たりしておりました」

《そういえば、俊彦……頻繁に東京へ行っていたわ。そうか、そうだったのね》

美沙子は記憶をたぐりよせ、それとなく思い出す。

それにしても、俊彦の相手がこれほどの美形だとは知らなかった。

これだと……もう、ズルいくらいだ。

「今は、共になくてはならない存在だと感じています」

速水の芯を感じさせる声。気持ちが伝わってくる。ただ如何にせん、相当な不意打ちだし、すぐには無理だ。

にわかに美沙子は立ち上がり、リビングの大きな窓へと近づいてゆく。背中に皆の視線が集まる。うっかり気を抜くと床に膝がつきそうだ。

震える手で窓をほんの少しだけ開けてみた。

窓の外は明るい。

小さな鼻腔をそよ風が通り抜け、ざわつく心を落ち着かせてゆく。

秋の陽光が降り注ぐ下、ピクニックにでも行くのだろうか。リュック姿の家族連れが楽し気に歩いている。軽い足取りが、高松駅で停車する列車の中へ明るい笑顔を持ち込んでゆく。遠くに重なり合う笑い声が、美沙子の意識をどこかへ連れ去ってしまいそうだ。

長いまつ毛が、ゆっくりと瞬きした。美沙子は窓の外へ視線を向けたままで、

「速水先生？　よくそんなことを平気で言えますわね」

美沙子は奥底から声を絞り出した。皆が考えていたよりも、恐ろしく冷静だ。それよりも困ったことに、

「勝手にやって来て、簡単に認めてもらえると思うなよ！」

正則が辛抱しきれずにテーブルを叩き、大声を出してしまう。俊彦は縮こまる。

「兄さんは黙って！」

ゾッとするほど威圧感のある美沙子の声。こんな時は亡父とそっくりだった。正則が怖気づき、投げやりな感じでビールを一気飲みした。和也は瞼を震わせ、目を閉じている。

「私は俊彦の幸せを願って今日まで生きてきました。おわかりですか？」

「……はい」

「兄が申しましたように、当方はそちらの事情を簡単に受け入れることはできませんの」

美沙子の声は冷酷な輝きを帯び、四方に放たれた。瞬時に経営者の感性で対応する

ことに切り替えたが、心の中では大切な身内の関係を重んじている。和也は久しぶりに母を、息子として、教育者に感じた、やはり普通の母親ではない。

「はい、皆さんは俊彦くんを愛しているし、当然です。そもそも、こんな関係を認めてほしいと思う方が間違いだ」

「え？」

俊彦が速水の顔を見る。何を言い出すんだよ、という感じだ。

「私は俊彦と後でちゃんと話をするつもりでしたの。けれどせっかく皆が揃っているんですものね。速水先生、ここではっきり言います」

「母さん、何？　俺たちはいい加減な気持ちじゃない」

俊彦は早合点してすがる口調になる。強張る顔でパーカーの襟元を強く手で握った。

「いいえ、俊彦、そうじゃない！　速水先生とは遊びでないことはわかったの」

「はい、私たちは真剣です」

速水の響く声は誠実さを感じさせる。本気の目だ。ここで甘やかすわけにはいかない。

「だから、よけいに難しいの！」

「そうだ、その通りだぞ。もっと広い視野で物事を考えなくてはいけない」

正則が幾分、穏やかな意見を口にした。けれど決して許さんという強い語調だ。

「何、どういうこと？　やっぱり母さんも俺たちのことを許してくれないの？」

そうではない。あれから幾晩も悩み考えた。二人のため、先々起こる周囲との摩擦や葛藤をしっかりと理解させなくてはいけない。

「こうなると、親が許す許さないの問題ではないぞ」

「待って、伯父さん。彼らはこうして挨拶に来ている。支え合っていく話をしているんだ」

そう言って間に入る和也を正則が睨みつけた。けれど、

「俺は、神戸で付き合っている彼女にも、意を決して俊彦のことを知らせたよ。そうでなくては、自分がこの先、自分の意志で結婚をしても幸せになれないことをわかっているから！」

和也はひるまない。やや荒い呼吸を伴い自分の心の奥底を曝け出した。俊彦のために意志を示すことを惜しまない。一途に訴えた。着ているシャツの襟元の色が変わるくらい汗をかいている。そして美沙子の方にも目を向けた。すると、

「まあ、そんなこと……大丈夫なの？」

「ああ、彼女が両親にも話してくれてね。『気にしていない』と言ってくれた」

「そう、だけど世間は、皆がそうじゃないわ」

美沙子は厳しい目で俊彦を見つめた。その目の奥にある温かさを速水は感じる。

「あなたたちは、本当に覚悟ができているの？」

俊彦と速水は互いの目を合わせることなく、美沙子の目を見て力強く頷く。

「美沙子の問いは甘い！　お前たちがどんなに真剣であろうと、この先、そんな関係で生きていくのは想像以上に困難だぞっ！」

正則がまた怒鳴り始めた時、部屋のインターホンが鳴った。和也が出ると、

『美沙ちゃん、みんなも部屋にいるの？　今朝、はるばるドイツから帰国しました！』

留美の声だ。大きな帽子がモニターいっぱいに映っている。

「あ、おばさん、俺、和也です。あ、やっぱり、だけど、いや、あの、今ちょっと取り込んでて……」

『そうだと思ったのよ、だから旅行の予定を切り上げて帰って来たわけでしょう？』

「あ、ああ、うん」

『ねえ、早く下の自動ドアを開けてよ。それと……例のお土産もあるから……』

和也は留美と何かボソボソと話している。ハリボーのグミを手土産に買ってきているようだ。留美が帰国することを美沙子は聞いていない。おそらく正則から込み入った内容を聞いたのだろう。美沙子は面白くない気分になる。

「留美のやつ、まさか、本当にドイツから帰ってくるとは思わなかった」

正則は唖然として、今朝、買い込んだ三越の料理を眺めた。それには、速水と留美の分が入っているということだ。そこに気づいた美沙子と正則は目を合わす。全ての計画を練った留美の周到な行動力に心底、二人は驚愕した。

＊

幼い頃の和也と俊彦は、しょっちゅう家の中で兄弟げんかをして美沙子を困らせた。ひとつだけのおもちゃを和也に取られた俊彦は泣き止まない。怒っている年上の和也は無理を通すし、こんな時はどちらも強情で手に負えなかった。誰に似たのか、強情だ。そんな時、何故かタイミングよく留美の国際小包が届くことがあった。

「やった、ハリボーのグミだ！」

地球上に張られている海波から伝わる留美のテレパシーか。多少違うけれど、今の雰囲気と共通するものがあるかもしれない。和也の頭の中は、ジューシーでカラフルなグミがしぶきをあげて飛び散っているはずだ。クマの形が可愛いこのグミは最近、日本のコンビニでも売られている。留美は子供たちの胃袋を掴むのも上手い。成人後の今でも、俊彦たちはドイツの土産といえばグミだ。人は幼少期に覚えた味を忘れない。

「成田まで飛行機が遅れてしまって、イライラしちゃったわぁ。さっき高松空港に降りてタクシーに乗った時は、やっと皆に会えると思って、ホッとしたわよ」

留美は弾んだ声で部屋に入ってきた。趣味の良い黒地に花柄のブラウスがよく似合っている。

「はい、お土産。俊彦君の大好きなハリボーのグミよ。これでよかったかな？」

留美が大きめの紙袋を俊彦に渡した。

「え！　グミ？　うおお、そんなのいいに決まっているよ！」

俊彦の顔がパッと明るくなった。凄い。子供の頃の美味しい記憶は、大きな声に溢れ出る。この喜び方は、状況を考えれば普通じゃない。

美沙子は玄関へ行き、留美が脱ぎっぱなしにしたルブタンの靴を揃えた。

《義姉さんたら、こんなに深刻な話をしている時なのに、いったい、何？》

ふと見れば、速水が履いてきたスニーカーは清潔だし、きちんと揃えてある。

留美はリビングで、シルクのスカーフと大きな帽子を外す。途端にさっきまでの雰囲気が一変してしまった。どこまでも凄い。明るく屈託のない、五十歳には見えない無邪気な笑顔だ。美沙子と正則は、離れて見えない場所で黙り込んでいる。

このグミといい、過去に正則との結婚に持ち込んだ時の手際など、留美の手腕には目を見張るものがあった。魔法、いや妖術か。こんなにも険悪に覆いかぶさる空気を、あっさりと取り払ってしまった。紙袋のみ携え室内に入ってきた留美に代わり、せっせと和也が大きなスーツケース類を階下から部屋へと運び上げている。何やら早い。思ったほどエレベーターの点検は時間がかからなかったようだ。

「あら、こちらが、俊彦君の？　こんにちは。初めまして、華岡留美です」

留美はさりげなく、上目遣いで速水に声をかけた。なれなれしい態度だ。部屋に戻ってきた美沙子が首をかしげる。それまで、どしっとダイニングで座っていた正則が慌てて、

「留美は私の家内だ。ややこしいな。どうやら君のせいで、ドイツから早目に帰国して来たようだ」

「お噂はかねがね……、初めまして、速水です」

速水は椅子から立ち上がってお辞儀をした。申し訳なさそうな顔をしている。

「東京の歯医者さんなんですって？　私もホワイトニングをお願いしたいわ」

明るく留美が速水に握手を求めた。受け答えの様子からして、速水の素性を和也が知らせている。正則は憮然とした顔つきで見ていた。同様に美沙子も面白くない。

「留美おばさん、旅行を中断させてごめんなさい」

俊彦は甘えた風に留美の帽子を受け取って、コート掛けにのせている。身内と息が合う俊彦の様子を、速水は微笑ましく見ている。

美沙子だけ留美の帰国を知らなかった。おまけに和也も先に速水のことを留美に知らせている。重苦しい気分でいると、玄関で物音がした。まだ和也がドイツ帰りの大きな荷物類と格闘しているみたいだ。とりあえず美沙子も、留美の荷物類を和也と一緒に小部屋に片づけた。

すぐにダイニングへ戻る。

留美は美沙子の心の内を見抜けない――こともなさそうだ。

美沙子は勘がいい。

今日はいつになく留美は得意げな態度で振る舞っている。何ということと、無性に腹が立つ。不愉快だった。時として人の心は複雑に絡み合う。また一方の留美も、うろたえることない母親然たる美沙子を見て、いつも妬ましく思っていた。予測しないどんな急展開でも、美沙子は静かな品格を損なわない。それは生まれ持ったものに他ならない。どこから見ても華岡家で育った節度ある女性だ。留美にとって美沙子は、自分にないものばかりを持っている。羨望や嫉妬を通り越して、説明がつかない怒りとイライラが募ってきた。身内にもリスペクトされる美沙子の顔を二度、三度と見つ

めて、

「あなたたちだけだと二人を傷つけてしまうからよ」

留美はこれ見よがしに正則にそう言ってのける。唇に塗られたシャネルの赤は、彼女の厚かましい態度を際立たせた。平気で立ったまま少し泡の抜けた正則のビールを飲み干し、一息つく姿は自由過ぎる。品性は自分で磨くしかない。美沙子は留美に見えない角度から、ぐっとこらえて正則を睨みつける。美沙子にとって留美は乱入者、話にいきなり首を突っ込んでいる。

自己承認欲求が強い留美は、育ちにコンプレックスを持つ。だから不必要なまでに格好つけたがる。そのクセは歳を重ねても変わらない。

《まずい、これはまずい。とてつもなく不穏だ》

正則もそこは敏感だ。下手すると地核のマグマが動いて、津波を起こしそうな気配を感じた。

「おわ、おい、留美！　そんな言い方はないだろ。急にやって来て何を言っている！」

正則は顔面をぴくつかせ、立ち上がった。留美の両肩に手をのせて、スタッキングスツールに無理やり座らせる。だが、美沙子は座らない。二人の顔を見ては正則はハラハラしている。

何せ幼女期、美沙子は映画館に置き去りにされても泣かなかった。その美沙子の辛抱強さを正則は知るだけに、気が気ではない。留美は人前でも無作法だ。爆発したらどうしよう――そんな正則の不安をよそに、留美はますます平気な感じで、

「あなたと美沙ちゃんは酷く渋い顔ね。今時、そんな関係はドイツでもよくあるし、世界中で当たり前よ。向こうの友人たちは全然気にしていないわ」

留美は笑って正則にも偉そうに喋り続けている。付け上がりっぱなしだ。

ゲイの現状を知らない方がおかしいと言わんばかりの顔をして、セミロングの髪をかき上げてみせた。いい歳をして自意識が強過ぎる。

「お前、そうは言ってもだな。ここは日本だぞ」

「そう？　だったら考え直すべきよ。この国は多様性を受け入れることを拒んでいるわ」

「ちょっと義姉《ねえ》さん……」

何をしにやって来た、と美沙子は言いたげな感じで細い顎を小刻みに震わせている。

「お、落ち着け、美沙子」

「いいえ、言わせてもらいます。義姉さん、この国ではバランスを重んじて、誰もが地域の一角で暮らしているの」

「だから日本は古臭いのよ。個人の尊重について遅れているの。そんなに深刻に考え

「ちょ、留美！　美沙子も、皆、久しぶりにこうして会ったんだし……頼むから、な？」

同席する速水は、俊彦以外とは初対面だ。居づらい。

妻と妹の間に立つ正則は哀れだ。

和也と俊彦は、伯父のうろたえぶりを見ないよう顔を他へ向けていた。

こうなると流れに任せるしかないと心得ている。

「ほんの数年前よ、ドイツでも同性婚が認められたわ。さすがメルケル首相ね」

留美はどこまでも鼻を高くして、美沙子たちに口上を並べ立てる。

《だからどうしたというのだ。海外の同性婚など普通は『絵空事』だ。そんなに堂々と得意げに語るほどのことか？　自分の息子がゲイだと知らなければただのニュースに過ぎない》

「いい加減にして！」

美沙子がいきなり留美を怒鳴りつけた。全員が驚く。衝撃の展開だ。さらに、

「あなたみたいに、子供を産んだこともない人に母親の気持ちがわかるはずがない！」

目の色を変えて美沙子が叫ぶ。とっさに立ち上がった留美は、たじろぎ、後ずさりする。

「お、お、落ち着け、美沙子。お前がそんな、どうしたんだ、えっ？」

正則は何が起きているのか把握しきれない。和也も慌てて椅子から腰を浮かす。

「母さん、ここは伯父さんの言う通りだ。それと、今のは駄目だ。落ち着いて……」

和也が美沙子の腕を掴んで、耳元で優しくたしなめた。

留美は愕然としている。

《ああ、そうだった。私ったら何で、普段はそんな風に思ってもいないのに……》

「留美と俊彦たちはここで待ってろ。ちょっと美沙子の仕事部屋を借りるぞ」

正則が立ち上がって、美沙子と和也を連れて部屋を後にした。

少し間を隔てたダイニングでは、

「留美おばさん、さっきは俺の母さんが……ごめんなさい」

「ううん。何で、あなたがそんなこと言うのよ」

「いや、俊彦君のせいではない。こうして私が突然、高松にやって来たからです」

俊彦と速水が心苦しい面持ちで、意気消沈する留美に謝罪した。

「そうじゃない、そんなことないわ。さっきの……あれだと美沙ちゃんが怒るのも無理はない」

留美は母親の迫力を思い知り、自分が引き起こした事態を静かに受け止めている。

「……おばさん」

「私は俊彦君の望みを叶えてあげたくて、母親の気持ちをないがしろにしたの。だから正則さんは二人を連れて別の部屋へ行ったのよ」

留美は仕事部屋の方へ、気落ちする顔をゆっくりと向けた。

＊

「兄さん……、さっきは私、本当にごめんなさい」

「いいから、座れ。それどころじゃない。それにお前は母親だ、考えてみれば無理もないことだ。留美のせいで面倒なことになったぞ。まったくよけいなことをしてくれる」

小さなカフェテーブルに肘をついた正則は頭を抱え込んでいる。

「ほら、和也も、立っていないで……」

「お前はそこのベッドにでも掛けろ」

美沙子と正則に言われ、大人しく和也はシングルベッドの縁に腰かけた。

「これは難事だぞ。おそらく俊彦と速水には相当の苦労が待っている」

「俺もそう思う……だけど」

「私はあの二人を傷つけたくないの」

「美沙子、何だ？　今日はさっきからどうかしているぞ」

「確かに世間の目は冷たいわ。私は、それをよく知っている……」

美沙子は、机の上に飾った神社に咲く桜の写真を眺めて静かに言った。

すると正則の表情になお一層陰りが見え、

「いずれにしても、傷つくことは避けられないぞ」

正則は声を抑え気味にするも、二人を案じ、危ぶむ気持ちを隠さない。

「最初は俺だって俊彦たちが人生を共にすると聞いた時、焦った。軽率だと思ったよ」

和也が正則を興奮させないよう、言葉を選んで慎重に話し始めた。

「お、そうだ、和也。速水君のご両親はどう思っているのか、何か俊彦から聞いているか？」

「そのことだけど、彼の両親は交通事故で亡くなっているらしい」

「兄弟は？」

美沙子がすかさず聞く。

「一人っ子だよ」

和也は自分が聞いていたことを淡々と二人に伝える。

「そうか、参ったな……。だったら、こっちはよけいに責任重大だ」

正則は大きく息を吐き、少し腰を浮かせて椅子に座り直した。

「両親の死亡事故は、速水さんが歯学部に在学中の時に起きたみたいだよ」

「そうなのか」

「えっ……大学に通っている時に？」

美沙子は実母の死を思い出した。大学の学生寮で訃報を受けて、一晩中号泣し続けたことを。

＊

ダイニングでは、留美が速水から両親の悲しい話を聞いている。

「そうなの。突然の事故だなんて辛かったわね」

急に日常を失ったわけだ。

「その後、私は無事に歯科医の資格を得ることは叶いました」

「よく頑張ったわ」

「仕事は好きですから、何とかこれまでやってきましたけれど……」

ふと速水は、綺麗な胡桃色のピュアな瞳を曇らせた。そして、

「それと私は……こういうわけですから、もちろん女性はおりませんでした」

「ということは、ずっと、お独りで深い傷心を引きずっていらしたのね」

「そんな時、俊彦君と出会って、とても救われました」

速水の言葉を聞いて、俊彦が嬉しそうな顔をした。柔らかな空気が流れ始めている。

「二人とも、あのね、さっき見てわかったでしょう？　普通に結婚していても大変よ」

「……は、まあ」

「うん、これまで伯父さんを見ていて大変だと思ったよ」

速水は否定できないし、俊彦はわりと早くから認識している。

「それに私ときたら、義甥《おいっこ》たちが可愛くてね。もちろん夫だって、そうなの。だからあんなに興奮して……」

「それはよくわかります」

「ところで聞いているわよ。速水先生は患者さんから、とても人気がおありだそうね」

留美が感じよく話を切り替える。歳に似合わず可愛い声で速水に問いかけた。

「俺も偶然、歯科衛生士さんから聞いたんだ。バレンタインの時なんて、届くチョコの数が凄い！　普段でも子供の患者さんが自分のお菓子を渡しに来るんだよ」

俊彦は留美に速水の人間性を知ってほしくて、話に割り込んでくる。いや、売り込みだ。

「チョコは甘い……うちは虫歯を治療するための歯科なんだけどね」

「けど、そうよね。やっぱり、これほど……超がつくほどの美男子ですもの」

美形ではあるけれど、決して近寄りがたい感じではない。子供にも慕われるのは充分理解できる。

「いや、そんなことは……。仕事もまだまだ頑張らないといけない立場です」

「謙遜が過ぎる。ここは素直に認めなきゃだめよっ」

「それ、ほんと留美おばさんの言う通りだよ」

留美との会話は俊彦たちにとって気持ちが和んだ。そんな自然な流れの中、

「速水先生、さっきの話だけど、あなたは子供にも好かれる。子供が好きなの？」

「はい」

「私たち夫婦は子供を望んでも授からなかったわ」

「……はい」

「そのせいか私は気配りを欠くところがあるみたいでね。昔は華岡家の親戚たちに、きつく指摘されることがよくあったの」

「はあ……うちは親戚もおらず……私にはわかりかねます」

「ふっ、特に今日なんて……愚かね、私ごときがあの義妹を本気で怒らせてしまったわ。いきなり神様に鉄拳を下された気分よ」

そう言って留美は、自分のありさまを笑っている。速水は笑えない。

「その私が言うのも何だけど……とても言いにくいことだけど、これは大切なことよ。俊彦君もしっかり聞いてほしいの」

「うん」

速水と俊彦は真剣な顔をして留美の話に向き合おうとしている。

「あなたたちがどんなに強く思い合っていても、二人の間に……新しい命を迎えることはできないわ、それが現実よ」

「…………」

「……うん、おばさんの言う通りだ。そういうことになると思う」

「それでもお互いの覚悟は変わらない？」

「華岡さん、私と俊彦君の絆は深い。お互いを大切に思っています。それはこの先も変わりません。またそれ以上に、我々にとって女性を愛することは難しいのです」

速水が話す途中で俊彦が急に反応し、顔つきは心痛なものとなって大きく頷く。

「子を欲すること以上に、その事実こそが……、永久に変わらない」

冷静に速水は語った。脳裏に焦りと苛立ち、孤独な日々を蘇らせている。

「あの、俺は先生みたいに上手く言えないけど……子供が生まれないことは残念だよ」

「……ええ、だって大学の夏休みには俊彦君、あなたは小学生の家庭教師のアルバイトなんかもしていたじゃない」

「だけど俺、普通の結婚はできない。おばさん、わかってほしい。この先、ずっと誰とも支え合えない人生は嫌なんだ！」

「私も俊彦君と同じ気持ちです」

速水はきっぱりと言った。

本音を訴える俊彦に連なり真摯な態度だ。留美は胸が詰まる。

＊

「形はどうであれ誰でも幸せになる権利がある」

和也がベッドカバーの上で寛容な声を出す。話を前に進めるしかない、そう判断した。

「ええ、二人は真剣よ」

「やめろ、美沙子、頼むからやめてくれ、。くそ、色々浮かんできて俺は頭がおかしくなりそうだ。いいか、現実から目を逸らすな」

正則は両腕を組んで頭をもたげる。目の前で現実が起きてしまったわけだ。

「伯父さんが言う通り、二人が傷つくのは事実だよ」

「俊彦は俺の甥だ。世間からは好奇の目……それも華岡家のせいで格好の標的になる」

「そうよ、それだって私がよく知っているわ」

「それは俊彦もわかっている。速水さんと一緒に永久にそれを乗り越えてゆかなくてはならない」

和也がそう言って、甘くないことを示唆する。そこにノックする音がした。

「ちょっと、美沙ちゃん！　長旅で疲れているから私、足だけでも洗いたいの」

留美が洗面台のタオルを持って、甘い口調で言いに来た。見れば足元は、すでにストッキングを脱いでいる。狭い機内で約半日以上の長い飛行時間をその足が耐えたわけだ。

「何だ？　こんな時に、まったく厚かましい奴だな」

正則はうっとうしがっている。留美の顔も見ないで言った。

「あ、義姉さん、どうぞ、遠慮なくシャワーを使ってください」

美沙子は途中、ピンときた。留美はわざわざ席を外して、俊彦たちと三人で話せるようにと計らっているのだ。

「速水先生、さっきは私の兄が……ごめんなさい」

美沙子がダイニングにいる二人の元にやって来た。速水だけ、すぐに立ち上がる。

「いえ、このくらいは当然です。想像していましたから……」

速水は美沙子が座るのを見てから再び椅子に腰を下ろした。

「残念だけど、先生の期待通りにはいかないと思うの」

「……はい」

速水の態度を見て俊彦は浮かない顔を見せた。

「それと、さっき華岡さんからお聞きしました」

「あら、義姉さんが……、何て?」

『義妹は、とても頭がいい。何を言っても最後はあなたたちの味方よ。子育ての時も、二人を諭すためにしつけをしていたわ。きっと支えてくれる。ただね……』

隣で俊彦が口元をうずうずさせている。子供の時と同じだ、何か聞いてほしくてたまらない時のしぐさだ。何も変わらない。

「……俊彦、どうしたの?」

「母さん、聞いてほしい。俺がこうなったのは母さんのせいじゃない」

「華岡さんが気にしていました。親は育て方が悪かったのではないかと、自分を追い詰めて苦しむことが多い。それはすでに両親を亡くした私にもわかります」

「…………」

「真面目に生きている親だと、場合によってはむやみに自分を責めがちになる」

「母さんは悪くない。俺は早く、それを伝えたかったんだ。あの日もそうだったのに！」

俊彦は懸命に美沙子の目を見て訴えてくる。その時、

「あ、病院から急な連絡が入ったみたいだ。ちょっと私は失礼します」

速水も美沙子のために気を利かせている。二人を残して素早くベランダへ出た。

「母さん、俺は父さんのことを知らずにあんな風に飛び出して……。それと母さんに、わかってもらえると勝手に期待してた。ずっと、ずっと、俺は母さんに甘えていたんだ！」

「……俊彦」

「母さんは俺を、ちゃんと育ててくれたのに、本当、俺、こんな……ごめんなさい。うっ……」

溢れ出る俊彦の涙が、固く握る手の甲を熱く濡らした。

「俊彦、あなた、そんなことを考えていたのね」

美沙子は思い出す。華岡家を飛び出して逃げる俊彦に追いつけなかった。遠のく背中、ついに車も見えなくなって……。せめて無事でいてほしいと願った。あの日、正則から様々な事実を知らされた。美沙子の顎が震え、大きな目が潤む。

「母さん、これも……聞いてほしい」

「何？　俊彦、なんでも聞くから言ってちょうだい」

「俺はこんな風でも、本当に幸せなんだ」

＊

「まともな考えの親だったら、当然、落ち込むだろう」

正則が仕事部屋に戻った美沙子に的外れの意見を言った。美沙子は出窓の本棚に目を向け、途端にムッとする。本棚の中で、『落ち着きを養うヨガ』と背表紙に記されている本が目に留まった。見えない何かに諭されたみたいだ。

「伯父さん、どうかした？」

和也は正則の心情を気遣っている。そして、

「俊彦だって本心は、自分がゲイでよかったとは思っていないよ。でも今は、速水さんがついている。二人は先のことを理解しているよ」

そう言って和也が背筋を伸ばし、肩や腕を回してトイレに立った。

「和也はいい教師だな」

「ええ」

「きっと関わる生徒たちは幸せだ」

「そうね、人生の思春期に影響を与える立場だもの」

「実にその通りだ」

「美沙子、兄が俺でなければ、お前はこんなことにはなっていない。子供の時から誰よりも素晴らしい素養があるのに……人知れず、本当に何かと不遇な人生だ」

「もう、そんなことないわよ」

「俺のせいだ。美沙子、すまん！　ぐす……」

「また言ってる。もう、とっくに兄さんのせいだなんて思っていないわ」

そんな話をしていると、

「ちょっといいかしら。ふう、足が温まって生き返った気分よ」

留美が仕事部屋のドアを開けて覗き込んできた。ばっちりメイクも直している。

「あなた、何、泣いているの？　それはどうでもいいけど、とりあえず伝えておくわ」

留美は美沙子たちに時間を与えないといった言い方だ。

「外国ではそうしたカップルが多いの。周りの人たちも気にしないわ」

「お前、さっきも、たしかそう言っていたな」

正則は、もういい、という感じで留美の顔に向けて手を払う。腕組みして避けたがる態度だ。

「ちょっと、あなた、ちゃんと聞いてよ。以前、ある外国企業の社内見学会へ行ったの。そこでは上司がゲイであることを隠さず、部下たちも普通に指示を受けて従っていたわ」

「会社の職場で……そうなの？」

美沙子は意外な声で聞き返す。率直に頷く留美を見て、ようやくゲイと接する海外の情勢を知ることになった。確かに近年では国内のメディアもマイノリティに関する話題を色々と取り上げるようになってきている。

「それに私だって、正則さんが考えていることはわかるわ」

「お前が俺の考えを……ふん、ほんとか？」

「さっき、俊彦君たちに……この先、二人の間に子供は望めないことを私から話したの」

「おお、そうか！　お前がそれを言ってくれたか、助かったぞ。それでどうだった？」

正則が大きなリアクションで身構えた。

「ダメだったの」

「はあ？」

「子供のことは二人とも、仕方ないと思っているの。あの子たちの気持ちは揺るがないわ」

留美の声が元気を失い、いつになく沈んでいる。重く暗い気配を見せていた。

ふと美沙子の耳に戸外の音が聞こえる。急に風が強まり始めた。晴天の高松の空が濃い鼠色に変わってゆく。吹く風の勢いは、さらに迫ってくる。

「おいおい、なんだそれは。つい答えを期待したぞ。留美、お前は兄嫁だ。わざわざドイツから帰って来たんだし、やるならもっと、しっかりやれよ！」

ドスのきいた声で正則は留美を叱りつけた。

「ちょっと、兄さん！」

思わず美沙子は叱責を阻んだ。けれど正則のショックと困惑は手に負えない。俊彦のことを留美に八つ当たりしている。血の繋がりがない者にとっては厳しい役割だ。いくらなんでもこなせるわけがない。何より正則が望む問題解決は誰だって無理……。留美はうなだれ、暗い顔で失意に陥った。

その時、バンッ！　出窓に強い風がぶつかった。まるで誰かが怒っているみたいだ。ドドドドドッ……。風は続けざまに窓を叩く。意識を向けていると急に、

『おい、正則！　けしからん奴め。お前こそ何だ、こんな嫁でも頑張っておる。

『現代は夫婦が一丸とならねば華岡家は水泡に帰す！』

厳しく叫ぶ亡父の怒声が聞こえた。美沙子は驚くも不思議と怖くない。どころか、よく言ってくれた、そう思った。すぐさま正則は椅子から飛び上がり、顔が何色かわからない色に変わる。しかし、留美に父の声は聞こえていない。しょんぼりと立ったままだ。

「な、おい、美沙子、今、さっき、親父の声が聞こえたよな？」

正則が怯える声で小さく聞いてくる。

顔を震わせ、美沙子の肩に手を置いてびくびくしている。

「ううん、何のことかしら？　私は何も聞こえないけど」

美沙子はわざと嘘をつく。その方が父の思いに沿うはずだと思った。

「さっきから兄さん、何を言っているの？　どうかしているわ。聞きにくいことを私たちの代わりに、義姉さんが俊彦たちに聞いてくれたのよ」

「あ……ああ」

正則は恐怖のあまり声を上手く出せない。目をきょろきょろさせ、息をするのも忘れている。美沙子の虚言の効果は何とも大きい。旧家にありがちな呪縛そのものだ。

代々の先祖は、時にその魂を子孫に向け、過酷かつ辛辣に縄や網を打ち、威圧を張り巡らしてくる。それは、血脈と周囲に関わる人々の福運を絶やさないためだ。

「兄さんがあんな声を義姉さんに出すからよ。知らないけど、誰かの声が聞こえたのだって、きっとバチが当たったのよ。それとも何かの幻聴じゃないのかしら」

美沙子は冷笑気味に言う。辛辣だ。

「え、ああ……いや、だけど俺は絶対に聞こえたぞ」

正則はおどおどして言う。黄泉《よみ》の声に意表を突かれている。足元がよろけ、腰が抜けそうになりながら、ようやく椅子へと座った。

「ううん、いいの。美沙ちゃん、正則さんが言うとおりだわ……。私ってかき回すだけで本当に役立たずね」

留美がしおれた声を出す。ゆっくりと俯いて部屋のドアを静かに閉めた。

《あ、ええ？　義姉さん！》

ほんのわずかな隙間に、留美の頬に涙が見えた。

美沙子は正則と目を合わせる。

《あの留美が泣いた！》

「まさか、あいつが泣く……とはな」

自分が悪いくせに正則はオロオロし始めた。美沙子も、これまで知らなかった留美の一面に接した気分だ。しばらくの間、兄妹の中で同じ戸惑いが続く。

抜け出せない。そこで、

「兄さんは自分の若い頃の情熱を忘れているのね」

「何だと？」

「結婚前、義姉さんと駆け落ちするつもりで、父さんに無断で銀行を辞めたことよ」

「な、そんな昔のことを持ち出すなんて、お前らしくもない。何だ、はっきり言え！」

「俊彦のことも……反対する大きな理由は、華岡家の体面を考えてのことよね。違う？」

「それとこれとは……」

「同じよ！」

美沙子の目が正則を酷く睨んだ。怖い、亡父と同じ気迫だ。のりうつったか。美沙子が募らせる腹立ちが部屋中に充満する。こうなると、年長者が相手でも本心をぶつけるしかない。

「わかってほしいの。兄さん、行き着くところは、人が人と支え合う心の結びつきよ」

美沙子は急に柔らかく、和ませるように言った。

「……だがな」

正則の固定された観念は簡単には揺るがない。それも当然、かつては正しいことだったのだから。

「それと、ひとつだけ……聞いてほしいことがあるの」

さらに美沙子の声はたおやかに変わった。

「え……ああ、何だ？」

「私は離婚して……誰よりも俊彦を……この上なく、あの子に愛情を注いで育てたわ」

美沙子の思いが詰まった言葉を聞いて、正則が大きく頷く。

「さっき、私、向こうへ行って、二人と話をしたでしょう？」

「……ああ」

「私は、二人の純粋な本音を全身で受け止めたわ」

「……そうか」

「それで……ね、その時に思ったの」

美沙子はそう言ってから、黙り込んでしまう。ひと息では言えない、何か込み上げてくるものがあるようだ。しばらくして、

「……美沙子、どうした？」

「俊彦の顔よ」

「……どんな顔だ」

「速水先生のそばにいる、あの子のあんなにも安らいだ顔は初めて見たの。俊彦が消えた日、骨身に沁みたわ。私はあの子がゲイでもかまわない。だけどこの先は私ではダメなの」

「……み、美沙子、頼む。お前がそんな弱気にならないでくれ！」

「俊彦は……悔しいけど速水先生、あの人でないと幸せになれない……。私にはできないの。あんな風に、俊彦に安心を与えてあげることはできないわ」

「……安心、母親のお前がそう思ったのか……」

「兄さん、人は独りでは生きてゆけないの、わかってやって！」

美沙子はそう言って正則の膝元にしゃがみこみ嗚咽を漏らした。

変わりゆく名家

日差しが弱くなったテラスに正則と和也がいた。

「和也、俺をこんなところに呼ぶなんて……何だ？」

「伯父さん、ごめん。さっきトイレから戻ったら母さんが泣いていたから……」

「ああ、そうなんだ。参ったぞ。美沙子は、俺の妹はなんて可哀そうなんだ」

「まったく伯父さんの言う通りだ。それに先々、俊彦たちが傷つくのは避けられない」

「おそらく想像を超えることになるだろう」

「でも、伯父さんには皆のために落ち着いてほしい。そうでないと華岡家が揺らぎかねないから」

和也は穏やかな声で言う。正則はギクッとする。

「ちょ、お前までそれを言うな。ああ、わかった。だがな、俺は二人の将来を真剣に考えているから言っている。また行方知れずになったら……困るぞ」

「だけど速水さんにしたって、何も俊彦を連れて駆け落ちするわけじゃない」

「当たり前だろ、社会人だぞ！　あっ、和也、すまん、お前の……すまん」

「いや、いいんだ。父さんのことはその通りだし、別に気にならないよ」

「………」

「それと、伯父さんにずっと伝えたかったんだ。俺と俊彦は甥として、伯父さんと華岡家の存在に心から感謝している」

「か、和……どうしたんだ、急に何だ？」

「急じゃないよ。特に俊彦は、こんなに真剣に考えてくれる伯父さんを尊敬しているよ」

和也は静かにそう言って、すんなりと部屋に戻っていく。

「……いったい、感謝って何なんだ？」

テラスに独り残された正則が呟き、遠くを見渡した。

何故か突如、昔の記憶が呼び起こされる。そうだった。和也たちは小さい頃、正則に夢中で懐《なつ》いてきた。『おお、よしよし』と、何故か正則は俊彦の方を笑顔で頻繁に抱っこした。

成長した俊彦の勉強を教えることが楽しみになった時もある。そのせいで休日は付き合いのゴルフを断ることもあった。せがまれてよく一緒にボーリングをして遊んだ。俊彦の無邪気にはしゃぐ声、たくさんの笑顔をもらった。たまに高松国際ホテルのレストランへ連れて行くと、どんな料理でも喜ぶ。心から笑える本当に幸せな時間を共に過ごした。

《それなのに俺は今朝、厳しい声で俊彦を怒った》

怯える顔と遠い記憶の俊彦の笑顔が、脳裏に激しく交錯してやまない。玄関で非力ながらも速水をかばうように立っていた俊彦を思い出す。そうか、これまでと違って大人になったんだ。

「俺としたことが……、どうかしていた」

正則はテラスで棒立ちになって、夕暮れの静かな景色の広がりを眺める。

まだ残夏の熱がこもる高松のビル群が建つ。それとなく涼しい秋風が吹き抜け、広域に気の通りが良くなった感じがする。

＊

リビングとダイニングのソファーに全員が座っている。

「二人とも、覚悟がいるぞ！　お前たちを見て反感と嫌悪を持つ人間は少なくないはずだ」

正則がひとり立ち、俊彦たちを強い口調で説く。社会的な立場に立ち、熱がこもる。額に汗を滲ませている。

「あなたたちは、お互いの絆を強く信じて、決してくじけないでほしいの」

美沙子が俊彦と速水の顔を見て、諭す感じで優しく言った。二人は頷く。

「伯父さんの言う通りだ。今の日本では……二人はそんな偏見の目を愚かだと憐れむか、無視するくらいでないと駄目なんだ」

和也が俊彦たちに、じっくりと語る。美沙子と共に支える覚悟だ。隣に座る留美は同調するようにゆっくりと頷く。

「それと美沙子、お前は俺を誤解している」

「……は、兄さん、今、自分のこと？　急に何を言っているの？」

「さっき仕事部屋でお前が言った」

「えっと、何を言いました？　私……」

「俺は決して情熱を失ってはおらんぞ！」

「あ……、ああ、あれね。でも、今はちょっと……」

美沙子は留美の方を見て気まずそうな顔をした。

「皆もよく聞いてくれ。俺が留美を思う愛情は変わらない。ずっと大切に思っている！」

正則は皆の面前できっぱりと言った。

和也と俊彦が首の角度を同じにして驚く。

美沙子に言われてから、ずっと考えていたようだ。

速水は微笑ましく見ている。

留美は腕を組んで、少し顎を震わせ泣き笑いの顔を見せた。

《あ、いま、一瞬、父の遺品『シルクロード』の月が満足気に光を放った。気のせいじゃない。そう、気のせいなんかじゃないわ》

平山郁夫の絵画は奥深い魅力を持つ。美沙子も満ちる霊的な気配に背を押され、

「俊彦、速水先生と共に堂々と暮らしなさい！」

美沙子の力強い言葉が皆の胸を打つ。必ずや全力で支えてゆこう。

「母さん、俺……母さん、うっ」

立ち上がった俊彦がむせび泣く。ポロポロと流れ落ちる大粒の涙が止まらない。何度も何度も俊彦は拳でぬぐった。

《俺はこれからも生きていられる。母さん……俺を産んでくれてありがとう》

「皆さん、私たちの気持ちに寄り添ってくださって本当にありがとうございます」

隣でうっすらと涙ぐむ速水が言葉を添える。そして二人は丁寧に深々と美沙子たちにお辞儀をした。俊彦の顔が速水の隣で安堵を見せている。よかった、優しく見つめる美沙子の白い顔が抜けるように美しい。キラキラと溢れ出る涙がこの上なく輝く。

＊

それからしばらく時間が経って、

「えらく遅いランチになった、さあ、みんなで食べよう！」

正則が両手を大きく広げて張りのある声を出した。

「ええ、そうしましょう」

美沙子も立ち上がった。ダイニングのテーブルに留美と一緒に向かう。

「うわぁ、凄い。あなた、私が言った通り、たくさん買ってきてくれたのね」

留美が高い声を弾ませて言った。

すぐにパタパタと食器棚へと歩いてゆく。

美沙子は吹き出した。留美の権謀ぶりには頭が下がる。

《やっぱり……か》

「あとで俊彦、ハリボーのグミも食べたいな」

「うん、ドイツのあのお菓子は久しぶりだ！」

ガサガサと音をさせ、みんなで料理の包みをほどき始めた。食器棚から留美が皿を取り出している。その背中に美沙子が近づく。そこで、

「あの義姉さん、私、今日はごめんなさい。あんな酷いことを言ってしまって……」

美沙子は暗い声と顔つきになって、ささやいた。ダイニングに背を向けて、誰にも聞こえないように気を付けている。

「あら、何のことかしら？　それより私は美沙ちゃんには、ずっと感謝しているのよ」

「え？」

「私みたいな女に……あなただけだわ。私は昔から美沙ちゃんに特別な恩があるのよ」

留美が、普段は見せない真面目な顔をして小声で言った。

「義姉さん、特別な恩……って？」

それこそ美沙子の方が何のことかわからない。つい考え込んでしまう。

「それより美沙ちゃん、早くステーキ肉を温めてちょうだい。みんな待ってるわ」

「あ、はい。そうだった。えっと……」

美沙子が動揺して、もたもたすると、

「もう！　私が料理の盛り付けもできないことを知っているくせに……。酷いわ、美沙ちゃんたら、早く、早く、おなかがペコペコなのよ！」

留美はわざと大きな声を出して、軽くおなかを叩いてみせる。いつもこうだ。おかしいくらい家事となると何もできない。

俊彦が声を出して笑っている。美沙子も笑った。

人間は多忙な日々を送る中、大切な過去の記憶を他人に任せてしまう。しかし、時に気づかされる。けれど今、留美が言う『恩』とは……？　美沙子は何も思い出せない。手に持つ長い菜箸の動きが止まりそうになる。

＊

若い頃の留美はどんな風に振る舞っていようと、正則との結婚には辛く大変な思いをした。特に結婚式の当日、華岡家一族に歓迎されぬ留美が屋敷に迎えられた日、広間では冷ややかな視線が渦巻いていた。居並ぶ黒紋付の親戚たちは恐ろしいくらいの威圧感だ。

無理……かもしれない。留美は白無垢姿で震える。そんな時、

「留美さん、おめでとう。今日から兄さんをよろしくお願いします！」

たった一人、年若く華やかな振袖を着た美沙子だけが、留美と正則を祝福した。

「ウフッ、だから今日もお皿を並べるだけで……許してね」

留美は昼間のショックを引きずっていない。ちゃっかりと正則の方へ戻ってゆく。

「母さん、どうかした？」

和也がキッチンに入ってきた。何となく心配そうな表情をしている。

「あ、何でもないわ。あなたも早く食べたいわよね。さ、すぐに用意しましょう」

「うん、俺も手伝うよ」

二人はステーキ肉を手際よく順番にレンジで温めていく。見れば、ダイニングで正則と速水はかろうじて打ち解けつつある感じだ。それを見て美沙子と和也はホッとする。

すぐに料理が盛られたたくさんの皿がテーブルに並んだ。

「へえ、高松三越の料理って美味しいのね。このお肉、柔らかいわ」

「おお、ほんとだな、今朝、俺も運転手と一緒に運んだ甲斐がある。それでな、その時はエレベーターが使えなくて大変だったんだぞ」

留美と正則が久しぶりの会話を楽しんでいる。手に持つグラスには、ドイツから持ち帰ったお土産のワインが注がれていた。フルーティーな香りは美沙子の好みだ。繊細なベネチアングラスが見事な輝きを放つ。

遺品の食器を受け取ってよかったと美沙子は思うようになった。

留美のアドバイスは、いつも的確だ。良いものを普段使いにすれば手に馴染んでくる。希少で高価なアンティークの食器が、田中家の食卓を海外レストラン並みに華やかな演出をしてくれた。

「よし、美沙子、日本酒はあるのか？　速水先生もどうだ？」

「母さん、俺のサラダはドレッシングを醤油味にしてね」

正則と和也が美沙子に続けざまに注文を出してくる。

速水も笑った。皆、美沙子に甘えてしまう。どの街でも人が暮らす家には、それぞれ歴史がある。両親を失った速水は、大切な時間に触れた思いがしている。

六人が食事を終える頃、空は深く綺麗な青紫色に染まっていた。

まるで水彩画のようだ。

皆、立ち上ったり、また座ったりして好みの飲み物を手に談笑してくつろぐ。

和也の手で果物やケーキが切り分けられた。語り交わし合ういくつもの声をリビングの壁が聴き入り、人が持つ心の豊かさをうっとりと感じている。

「あのね、俊彦。ちょっと、聞きたいことがあるんだけど……」

美沙子がコーヒーを手に俊彦の顔を見て話しかけた。

「母さん、何?」

俊彦が扇形のオレンジを皿に置いて聞き返す。

「速水先生と一緒に暮らすとなれば、あなたは銀行を辞めて東京へ行くの?」

その時、ジノリの食器がガチャンと大きな音をたてた。

正則が焦って、手を滑らせたのだ。

「おい、銀行を辞めるなんてもったいない!」

すかさず話に参加する。続けざまに、

「退職したら、お前は何者でもない。国立大学経済学部卒というだけの無資格者だぞ!」

「あの、兄さん……」

「ちょっと、あなた、どこにそれを言う必要があるの?」

留美が深い皺《しわ》を眉間に寄せて不快な声で言う。

「うるさいっ！　お前は現代の労働情勢を何も知らないくせに」

「おかしいわよ、俊彦君は銀行を辞めるとか、まだ何も言っていないじゃない」

「ここは女が口出しするな！」

「うわ、思いっきり、昭和だな」

和也は誰にも聞こえない感じの小さい声で呟く。

「とにかく、悪いことは言わん。今は就職難だ。よく考えろっ」

正則の話に美沙子は温順に頷いた。その様子を眺める速水が、今度は正則の顔をじっと見つめている。その視線に気づき、

《おわ、速水、何だ？　やめんか。その顔でそんな風に見られると、こっちがドキドキするわい！》

正則は心が乱れ、変な感覚に囚われてしまう。慌てて気を立て直し、

「俊彦、いいか、退職はならん。お前は頑張れば、えっと……頑張れば、そうだな。きっと取締役にはなれる！　……いや、さすがに、ハハ、じいさんと違って、頭取は無理だな」

この上なく単刀直入な発言だ。

『頭取は無理』――これには正則の正直さが含まれている。

わかっていても、美沙子は内心ガックリした。

「あのさ、そのことなんだけど、俺は銀行員になりたかったわけじゃないんだ」

俊彦は急にあることを思い出してしまった。こんな時に不謹慎ながら笑いが込み上げかけている。笑っては駄目だ、耐えるしかない。絶対に笑わないぞ。これは結構辛い。

「え、俊彦、銀行員になりたくなかったのか？　何だって、それはどういうことだ？」

正則が意外な顔をして聞いた。美沙子と和也も初めて知るところだ。

「俺は、華岡のじいさんを喜ばせたくて……」

「あ、お前、あれか？　俺が結婚するために銀行を勝手に辞めたことを言っているのか？」

「は？」

「兄さん、やめてよ。そんなわけないでしょう。俊彦が生まれる前のことなのに……」

美沙子は恥にまみれる思いだ。速水は黙ってポットの紅茶をおかわりしている。

「いや、俊彦は俺を責めているんだな」

こんな時の正則は、会社の重役とは思えない。それに何故か悲嘆にくれる声が大きい。

「もう、兄さん！　そんな昔のことを……ちょっと、恥ずかしいから、今はやめてよ」

「ああ、まったく何なんだ？　俊彦は俺にどうしろっていうんだ」

正則は自分の膝を手で叩きまくる。美沙子は嫌気がさす。実妹の家庭が壊れたことへの負い目、また華岡家当主としての強い責任感が解釈の拡大を招いていた。

留美は笑っている。

「伯父さん、そうじゃないよ。俺が子供の頃、華岡のじいさんが……笑ったんだ」

俊彦は懐かしそうに言った。顔がやや赤い。笑いを堪えているからだ。

「は、笑った？　あの親父が何を笑ったというんだ？」

「俺と『銀行員ごっこ』をして遊ぶ時だけ、じいさんが唯一、大声で笑ってくれたんだ」

「『銀行員ごっこ』……はあ？　なんじゃ、それは！」

「ああ、あれね。時々、俊彦がじいさんに誘われてやってた遊びだな。俺も子供だったけど、見ててかなり面白かったよ。最近の銀行ドラマとそっくりだ」

和也が思い出した感じの顔をしてグイっと話の核心に入った。

「は、銀行ドラマだと？　おい、そ、それ、どんな遊びだよ！」

正則は変な発音のひきつった声を出し続け、体をソファーの背に大きくのけぞらした。

想像はしたくない、不可だ。孫と遊ぶだけでも信じられないのに、おまけに……。

また和也も強烈な一石を投げておきながら、あえて『銀行員ごっこ』の解説をしない。

言いっ放しの、知らんぷりだ。そして平気な顔で、

「速水先生が持ってきたN・Y・キャラメルサンドは美味しいですね」

「このところ東京土産として人気だからね。気に入ってくれてよかったよ」

和也は、速水と一緒に紅茶やケーキを楽しんでいる。

《おい、何だ、何だ？　和也の奴め。遊びの内容を教えないつもりだな。いったい……》聞きたいところだが、無理に知りたがるのも癪に障る。

正則はジリジリと考え、イラついた。

すでに俊彦は気持ちを切り替えている。真剣な顔で仕事のことを考えていた。けれど正則は『銀行員ごっこ』から抜け出せない。それに、

《銀行ドラマですって？　まぎれもなくあのドラマよね。父さんが幼い俊彦に土下座させるわけはない。だったら、何、ありえない！》

美沙子は心の中でそう叫びながら正則の顔を見た。目だけで頷き合う。『銀行員ごっこ』の中身は？……万が一、と考えただけで驚愕だ！　口に出さずとも二人は同じことを想像している。

《すごく知りたいけれど……いやいや、こうなると聞きたくない》

想像と事実が一致すれば、大人たちは床の上を這いまわることになる。

《怖い、父はとっくに亡くなっているのに、これは以前と違う意味の恐怖だ。父は意

図しない武器を残した》

途端に正則は頭をかきむしり、留美でさえも顔をこわばらせている。

それはさておき、『銀行員ごっこ』以上に、美沙子にとっては意外なことの方にも心が動く。

思い出すのは、あの雪が降る寒い日のことだ。

華岡家の前で幼い和也と俊彦は、あれほど父と会うのを嫌がっていた。

それなのに美沙子が知らないところで、いつの間にか三人は交流していた。

それって、いったい……。

美沙子は得も知れぬことにため息をつく。

世に不可思議なことは多いとはいえ、実にわからないものだ。

ふと美沙子は思う。

俊彦は気持ちが優しい、たとえ有能でも頭取には適さない。不可能だ。

頭取とは、かつて祭りに参加した大勢の人々の音頭をとる人、だから頭取だ。

昔、まとめ役は、現代の祭りと違って大いなる危険が伴い、一種の政務だった。

俊彦がトップに届かないことは、よくわかっている。

美沙子は生前の父に酷く馬鹿にされた。

『お前が望んだ〈普通〉とはそういうことだ』

父らしい傲慢な口調だった。痛烈な嫌味は京都人ですら足元に及ばない。長年、感覚が麻痺している身内の不快さえも通り越してゆく。

ところが父は、『銀行員ごっこ』をして孫と楽しんでいた。

今になって大声で笑う父を知る。

美沙子は俊彦が話したことを注意深く思い出す。

たしか、『大声で笑ってくれたんだ』と俊彦は言った。

すなわち父は孫と遊んでやったのではない。

老いゆく父が、俊彦を誘って一緒に遊んでもらっていたということだ。

他人から見れば実にくだらない話に過ぎない。

さもありなん、だ。

けれどほんの少しだけ、父に勝った気がしないでもない。

美沙子の思考は忙しく目まぐるしい。華岡家の血脈は和也と俊彦の体の中に流れ、どんな形であろうと続く。その事実は動かない。

「子供相手のごっこ遊びなんだから、もう、どうでもいいじゃない！」

留美の声がそれぞれの思考を打ち消した。

多少引きずりはするけれど、その通りだ。

「銀行の融資課の仕事は大変だけど、俺、最近になって、やりがいを感じ始めたんだ」

「おお！　俊彦。そうか、よく言ってくれた。うん、うん、それでいい」

俊彦の気持ちを聞いた正則が、小躍りしそうな嬉しい声を出す。

「だから俊彦としては、銀行員を辞めたくないんだな」

和也がチラっと速水の方を見て俊彦に聞いた。俊彦はやんわりと頷く。

「よし、このまま銀行員として頑張って働くんだぞ。あの世でじいさんも喜ぶはずだ」

《これなら都合がいい。さっさっと速水との関係を解消しろ！》

正則は考えた。どんなに皆の手厚い配慮があっても、その困難は想像を絶する。この先には様々な試練が待ち受けているはずだ。俊彦にそんな苦労をさせたくない。華岡家も、長年に亘る信用をあらゆる場面で覆し、様々に裏切ってゆくことになる。

各々の心労を極めるだろう。

「速水先生、はっきり言おう。俺は君のことは嫌いじゃない、だがな！」

正則が勢いづいて立ち上がり、速水に向いて突っかかる。

しかし正則が話を終えない内に、

「華岡さん、聞いてください。私は高松で歯科医院を開業しようと思います」

正則を見上げた速水が、芯の強さを静かに見せる。

皆にも目を配り、決断力を感じさせた。

「……え？　ええっ!!」

正則は目を大きく見開いて驚いた。これは飛び道具に匹敵する発言だ。

突然の申し出に皆も唖然とする。顔を見合わせ、急な話にポカンとしている。

「あ、あの、速水先生、今……何と？」

たどたどしく言った正則の足がよろけ、ソファーの木枠に向う脛をぶつけた。

「アウ！」

痛くて悔しくて、かみしめる奥歯にもヒビが入りそうだ。正則は倒れ込むようにしてソファーに座り込んだ。

和也だけはしたり顔で、シャインマスカットをもぐもぐと食べている。

「待って、速水先生。そんな重大事を簡単にお決めになって大丈夫なの？」

とっさに美沙子が客観視して、常識的な意見を述べた。

「わあ、それって、ナイスな考えね」

留美の軽快な順応性と感覚に美沙子は、いや他の誰もついていけない。

「物件探しは私に任せてちょうだい」

「先生、俺、そんな話は初めて聞くけど？」

急に速水の開業する意志を聞かされて、俊彦もビックリしている。

「当然だ、今、考えついたところだからね」

速水の目は鋭く、意志は強固だ。

美沙子と俊彦の喜びの方が遅れをとってしまう。

そして、

「ですが、今は東京の患者さんが待っていますので、先々に、ということになるかと思います」

「まあ……、そんなことは当然です」

美沙子は背筋をより伸ばして言った。

「……でも、大学病院、俊彦のせいで……」

美沙子はまだ戸惑いを隠せない。

「美沙ちゃん、速水先生はヨガに興味をお持ちよ」

「え、そうなの？　でもうちのスタジオは女性専用ですから……」

「いえ、そうではなくて、歯科のことです。実は……早くから私は気づいていたのです。人間の歯は体の骨格に歪みが生じると噛み合わせが悪くなるのです。私は歯を診るだけでなく、患者さんの全身のバランスを考えるようになりました」

「……そうでしたか」

「それと美沙ちゃん、聞いたわよ。東京のクリニックと提携が決まったんですってね」

「え、そうだけど……どうして義姉さんが知っているの？」

「向こうの女医さんは、正則さんの同級生でしょう？『華岡君の妹さんは凄い、彼女のヨガポーズのスタイルに惚れてスタジオと提携しました』って知らせがあったんですって」

「ああ……でも、そんな風に言われるほどではないわ。ただの参考写真を送っただけなの」

「ううん、美沙ちゃんは特別よ。謙虚過ぎる。もっと自覚した方がいいわ」

留美の言葉につられて和也が頷く。お嬢さん気質は邪悪な者に付け込まれやすい。

「それと不妊治療のヨガは頑張って！　何かあればサポートするわ」

急に留美は真剣な顔つきに変わった。頷く美沙子の気持ちも引き締まる。

「田中さん、そういうわけですので、近い将来、よろしければ私も仲間に加えてほしい」

速水はなかなかの世渡り上手だ。何かと美沙子を助けることになるだろう。

「速水先生、今日は、この数時間で……先生の開業へのご即決に感服しました」

美沙子は皆の前で速水にしなやかに頭を垂れた。長い後ろ首が白鳥みたいに優雅だ。

和也はマスカットを口から離した。その様子に見とれている。留美もそうだ。

「お、お前が何も頭を下げなくても……。これだと、美沙子、お、俺だけが悪者か？」

可哀そうに正則は、振り上げかけた拳を下ろせないでいる。

こんなはずじゃなかった……。

「いいえ、そんなことはないですよ。それより華岡さん、膝は大丈夫ですか？」

速水は正則の腹立ちを鎮め、当惑をなだめる感じで足を気遣う。

正則はバツの悪い顔だ。まだ膝は痛いし、気まずい。居心地も悪いから機嫌は直らない。美沙子も次の話をどう繋げば良いか困っている。どうしよう、その時、

「どうせなら、速水先生は俊彦君と一緒に華岡家の養子になればいいんじゃないの？」

また留美が奇天烈なことを……。

どうやったらそんなことを思いつくのか。

「え、そんな展開もあるのか？　それだと俺は二人の養父？　うお、夢みたいだ！」

正則は膝の痛みを忘れた顔だ。嬉しくてキョロキョロしている。

「あら、兄さんったら、凄く嬉しそうね」

もしかするとそれもありかもしれない。

どんな形にせよ、皆が幸せに暮らすことができれば何よりだ。

全てが未知だけど絆が深まってゆくに違いない。

だとすればそれでいい。

いくら苦しくても、気が遠のくほどの戦いが待っていようと、こんな風に家族と触れ合う喜びがあるから人は生きてゆける。


〈了〉

著者プロフィール
奈良 よし子（なら よしこ）
1962年11月　香川県高松市生まれ
医療モール経営（代表取締役）
京都府京都市在住

華岡家の憂い

2024年５月15日　初版第１刷発行

著　者　奈良 よし子
発行者　瓜谷 綱延
発行所　株式会社文芸社
〒160-0022　東京都新宿区新宿１－10－１
電話　03-5369-3060（代表）
03-5369-2299（販売）

印刷所　図書印刷株式会社

ISBN978-4-286-25188-2